푸시킨의 문장들

KB246322

알렉산드르 세르게예비치 푸시킨
Alexandr Sergeyevich Pushkin(1799~1837)

1799년 5월 26일(러시아 구력) 모스크바 귀족 가문의 일원인 세르게이 르보비치 푸시킨과 나데즈다 오시포브나 사이에서 둘째로 태어났다. 외증조부는 표트르대제를 섬긴 에티오피아의 왕자였다. 딜레탕트 문학가였던 아버지의 서재에서 프랑스문학을 읽으며 자랐고, 열두 살이 되던 1811년 차르스코예 셀로에 있는 왕립 학교 리세에 입학했다. 리세를 졸업한 뒤 외무부 관리로 근무하기 시작하면서 여러 문학 서클에 활발하게 참여하다가, 진보적 자유주의 사상을 담은 정치시들로 인해 좌천되어 남부 지방으로 거취를 옮겼다. 그곳에서 1823년부터 서사시 『예브게니 오네긴』 집필을 시작했다. 이듬해 어머니의 영지가 있는 러시아의 북부 미하일롭스코예로 유배를 갔고, 서사시 『집시들』을 완성했다. 1825년 희곡 『보리스 고두노프』를 집필하나 검열로 인해 5년간 출간되지 못한다. 1828년 푸시킨은 나탈리야 곤차로바를 만나 첫눈에 반하고, 이듬해 5월 약혼한 뒤 1831년 결혼했다. 그 사이인 1830년 푸시킨은 『예브게니 오네긴』을 완성했고 드라마 『소비극들』과 산문작가로서의 포문을 연 소설 『벨킨 이야기』, 서사시 『콜롬나의 작은 집』을 비롯해 다수의 서정시를 창작했다.

1833년 푸시킨은 푸가초프 반란에 관한 연구를 시작, 우랄 지방으로 가 4개월간 조사를 하게 된다. 이 여정에서 돌아오는 길에 아버지의 영지 볼디노에 머물렀고 여기서 그는 마지막 서사시 『안젤로』와 『청동기마상』, 소설 『스페이드 여왕』, 그리고 시 「가을」과 역사서 『푸가초프 반란사』를 집필했다.

1837년, 푸시킨은 아내 나탈리야와 염문설이 돌던 당테스에게 결투를 신청했다. 그해 1월 27일, 당테스의 총구에서 발사된 총알에 푸시킨은 치명상을 입었고, 이틀 뒤인 1월 29일 총상으로 인한 복막염으로 사망했다. 푸시킨은 자신의 서재에서 환한 얼굴로 "생이 끝났다"고 정확한 발음으로 말한 후 숨을 멈추었다.

푸시킨의
문장들

알렉산드르 세르게예비치 푸시킨

심지은
엮고 옮김

마음산책

엮고 옮긴이 | 심지은

연세대학교 노어노문학과를 졸업하고 상트페테르부르크 러시아문학연구소(푸시킨스키 돔)에서 박사학위를 받았다. 현재 경상국립대학교 국제지역연구원 학술연구교수로 재직 중이다. 저서로는 『러시아를 이해하는 아홉 가지 키워드』(공저) 『우리에게 다가온 러시아 발레』(공저) 『우리에게 다가온 러시아 오페라』(공저) 『백년의 매혹: 한국의 지성, 러시아에 끌리다』(공저), 역서로는 『러시아인, 조선을 거닐다』 『대위의 딸』 『적자색 섬』 『눈보라』 등이 있다.

푸시킨의 문장들

1판 1쇄 인쇄 2026년 1월 25일
1판 1쇄 발행 2026년 1월 30일

지은이	알렉산드르 세르게예비치 푸시킨
엮고 옮긴이	심지은
펴낸이	정은숙
펴낸곳	마음산책

담당 편집	이서영
담당 디자인	오세라
담당 마케팅	권혁준 · 김근희
경영지원	박지혜

등록	2000년 7월 28일(제2000-000237호)
주소	(우 04043) 서울시 마포구 잔다리로3안길 20
전화	대표 362-1452 편집 362-1451 팩스 362-1455
홈페이지	www.maumsan.com
블로그	blog.naver.com/maumsanchaek
엑스	x.com/maumsanchaek
페이스북	facebook.com/maumsan
인스타그램	instagram.com/maumsanchaek
전자우편	maum@maumsan.com

ISBN   978-89-6090-977-9 03890

• 책값은 뒤표지에 있습니다.

어쩌면 난 바라나 보다,
내 슬픈 운명에 영광 있기를
단 하나의 음이라도 진실한 친구처럼
나를 기억하여주기를

알렉산드르 세르게예비치 푸시킨(1799~1837)

차례

"벗들이여, 안녕"

시인의 탄생

알렉산드르 세르게예비치 푸시킨은 1799년 5월 26일 모스크바에서 태어났다. 푸시킨은 둘째였고 위로 누이 하나와 남동생 셋이 있었다. 아버지 세르게이 르보비치 푸시킨은 유서 깊은 귀족 가문 출신이었고, 어머니 나데즈다 오시포브나는 한니발 장군의 손녀였다. 푸시킨의 외증조부 한니발 장군은 에티오피아의 왕자로, 표트르대제에게 선물로 보내져 황제의 총신이 되었다. 푸시킨은 오랜 전통을 가진 귀족 가문임을 늘 자각하고 있었으며 외가의 아프리카 혈통을 평생 자랑스럽게 생각했다.

푸시킨의 아버지는 딜레탕트 문학가였으며 삼촌 바실리는 당대 유명한 시인이었다. 이 덕분에 푸시킨의 집에는 카람진, 주콥스키와 같은 당대의 내로라하는 문인들이 드나들었다. 소년 푸시킨은 늘 이들의 대화를 경청했다. 한편 푸시킨은 가문의 전설을 들려주던 외할머니와, 시인의 평생지기였던 유모를 통해 러시아 민담의 세계에도 눈을 떴다. 아버지의 서재에서

탐독했던 프랑스문학과, 할머니와 유모의 입을 통해
전해진 러시아어는 훗날 푸시킨이 문학적 재능을
꽃피우는 데 든든한 밑거름이 되어주었다.
열두 살이 되던 해, 푸시킨은 알렉산드르 1세가
차르스코예 셸로에 설립한 왕립 학교 리세에 입학했다.
학창 시절의 푸시킨은 교사들의 기억에 따르면,
선량하고 강단 있는 성격이면서도 불같은 기질과
예민한 자기애가 공존했던 학생이었다. 푸시킨은
프랑스어와 러시아어, 미술 과목을 제외한 다른 수업에
그다지 흥미를 보이지 않았으며 졸업 성적도 좋은
편은 아니었다(졸업생 29명 가운데 26등이었다). 그러나
진보적 자유사상을 일깨워준 스승들의 가르침은 소년의
마음속에 깊이 자리 잡았다. 학생 개개인을 존중하며
동료애와 배려를 진작하고 창작을 장려하는 리세의
정신을 그는 평생 소중히 여겼고, 여기서 만난 동창들은
굴곡진 푸시킨의 인생에서 의지할 피난처가 되어주었다.
또한 리세에서 푸시킨은 100편이 넘는 시를 쓰며
시인으로서의 정체성을 다져나갔다. 진급시험 과제였던
「차르스코예 셸로에서 회상하다」가 제르자빈, 주콥스키,
뱌젬스키 등의 당대 시인들에게 극찬을 받았던 일화는
유명하다.

읽고 쓰는 여정의 시작

푸시킨은 1817년 리세를 졸업한 뒤 수도 페테르부르크로
가 외무성에서 10등 서기관으로 관직 생활을 시작했다.
열여덟의 청년 푸시킨은 수도의 방탕한 생활을 만끽하는
동시에 진보 인사들과 친분을 나누며 새로운 사상과 문학
양식에 눈뜨게 된다. 자유주의 사상과 진보적 이상에
헌신하고, 노예제 철폐를 주장하면서 문학을 여론 조성
수단으로 이용했던 이들에게 푸시킨의 시적 재능은
요긴했다. 이에 푸시킨은 차르의 심기를 건드리는 선동
시들을 썼고, 거의 체포될 지경에 이르렀다. 푸시킨의
죄목은 '불온사상 유포로 정부에 위협을 가한' 것이었는데
선배 문인들의 탄원 덕에 시베리아 유형을 면하고 러시아
남부로 좌천된다.

1820년부터 1824년까지는 푸시킨의 남부 유배
시기였다. 이 시기에 푸시킨은 여러 여인들과 연정을
나누고 훗날 데카브리스트 봉기에 가담한 비밀결사
조직들을 드나드는 등, 분주한 가운데 창작열을
불태웠다. 바이런의 영향을 받은 『카프카즈의 포로』
『바흐치사라이의 분수』 등 낭만 서사시와 서정시를 다수
썼으며 생의 역작 『예브게니 오네긴』의 집필을 시작한
시기도 이때다.

1824년부터 1826년까지 푸시킨은 미하일롭스코예에

체류하게 되는데 이는 일종의 가택연금이었다. 마지막
근무지 오데사에서 상관과의 마찰로 인해 강제 이송된
이곳은 지난 4년간 머물렀던 남부의 소란한 항구
도시들과는 전혀 다른, 북부 러시아의 벽촌이었다.
어머니의 영지인 이곳에서 시인은 고독과 고립을 처음으로
맛보았지만 결과적으로 이 경험은 그의 창작 여정에
전환점이 되어주었다.

교분을 나눌 이웃이 거의 없던 외딴 시골에서 푸시킨은
유모가 들려주는 러시아 민담과 친구들이 보내는 편지에
기대어 외로움을 견뎠다. 지방과 민중의 삶을 처음으로
가까이 접하게 된 푸시킨은 산문과 같은 현실에서 시를
보기 시작한다. 평범한 삶이 화려하고 세련된 삶과 결코
대립하지 않는다는 사실을 깨달으며 시인은 바이런적
낭만주의를 벗어나, 셰익스피어의 사심 없는 공평한
시선으로 복잡다기한 인간의 내면을 들여다볼 필요를
느꼈다. 1830년이 되면 푸시킨은 스스로를 '현실의
시인'이라고 명명하기에 이른다.

파란곡절 속에 계속된 쓰기

푸시킨의 미하일롭스코예 유배 시절 수도에서 발발한
데카브리스트의 봉기는 이후 시인의 삶과 창작 활동에 큰

상흔을 남겼다. 푸시킨의 친한 친구와 지인 들은 교수형에 처하거나 시베리아로 유형을 떠났다. "운명의 1825년" 이후 푸시킨은 살아남은 자로서의 소명에 깊이 침잠한다. 시인의 사색은 그 영역을 넓히며 깊어갔다. 문학비평과 저널리즘의 영역, 또 러시아 민중의 시와 노래, 세계문학 및 정치와 경제, 역사에 이르기까지 그 시선이 확장된다. 한편, 미하일롭스코예에서 그는 서사시 『집시들』을 완성했고 희곡 『보리스 고두노프』, 서사시 『눌린 백작』과 시 「예언자」 「겨울밤」 등을 집필했다.

1826년 9월 푸시킨은 니콜라이 1세의 부름을 받고 모스크바로 향했다. 데카브리스트 봉기를 강압적으로 진압한 니콜라이 1세는 민심을 환기하기 위해 러시아의 대표 시인을 이용하고자 했다. 니콜라이 1세는 일반 검열에서 푸시킨을 자유롭게 해주는 대신 푸시킨의 검열관을 자처했다. 푸시킨은 차르에게 자비와 개혁을 기대했지만 이것이 순진한 생각이었음을 깨닫는 데는 그리 오래 걸리지 않았다. 차르의 감시와 검열은 악명 높은 비밀경찰국 '제3부'와 함께 시인의 남은 생을 옥죄어갔다.

정부와의 대립과 검열, 감시가 점점 더 심해지던 1828년 푸시킨은 훗날 아내가 되는 나탈리야 곤차로바를 처음 만나 첫눈에 반하고, 이듬해 5월 약혼한 뒤 1831년 결혼했다. 가난한 신부의 지참금을 대신 마련하기로 한

약속을 지키기 위해 1830년 가을 푸시킨은 아버지의 영지
볼디노로 갔다. 영지를 담보로 대출을 받기 위해서였다.
3주로 예정되었던 여행은 석 달로 늘어났다. 러시아
전역에 콜레라가 창궐해 격리되어야 했기 때문이었다.
이 '첫 번째 볼디노의 가을'은 무르익은 창작의 열매를
거두는 수확기였다. 시인은 여기서 8년여간 붙들고 있던
『예브게니 오네긴』을 완성했고 드라마『소비극들』과
소설『벨킨 이야기』, 서사시『콜롬나의 작은 집』외에도
「엘레지」「잠 안 오는 밤에 쓴 시」 등 다수의 서정시를
창작했다.

모스크바에서 결혼식을 올린 후 푸시킨은 아내와
함께 페테르부르크로 돌아왔는데, 이때부터 푸시킨의
삶 안팎으로 많은 고난이 닥쳐왔다. 콜레라가 다시
번지면서 민중의 폭동이 들끓었고, 폴란드의 독립 투쟁을
군사력으로 진압한 정부에 대한 지식인들의 반발이
거세졌다. 이때 시인은 폴란드를 진압한 러시아 군대를
찬양하는 시「러시아를 비방하는 자들에게」를 쓰는데 이로
인해 그는 거센 비난에 직면했으며 지인들조차 시인에게서
등을 돌렸다. 이즈음 푸시킨은 표트르대제와 프랑스혁명에
대한 책을 집필하려고 하였으나 모두 미완성으로 남게
된다.

1833년 푸시킨은 푸가초프 반란에 관한 연구를 시작했고,
우랄 지방으로 가 녁 달간 조사를 하게 된다. 이 여정에서

돌아오는 길에 그는 또 한 번 볼디노에 머물렀고 이 '두 번째 볼디노의 가을' 동안 마지막 서사시 「안젤로」와 『청동기마상』, 소설 『스페이드 여왕』, 그리고 시 「가을」과 역사서 『푸가초프 반란사』를 집필했다.

삶의 마지막까지 물러서지 않았던 시인

1837년 1월 27일 오후 6시, 바람난 아내의 연인이자 동서였던 프랑스인 당테스와의 결투에서 예기치 않게 치명상을 입은 푸시킨은 넉 달 전 이사한 페테르부르크의 모이카 12번지의 집으로 들것에 실려 돌아온다. 극심한 통증을 초인적 인내로 견뎌낸 시인은 이틀 후인 1월 29일 오후 2시 45분 지상에서의 짧은 생을 마친다.

푸시킨의 마지막을 지켰던 주콥스키의 회상에 따르면 시인의 작별 인사는 "벗들이여, 안녕"이었다. 주콥스키는 이 작별 인사가 시인 곁을 지키던 "살아 있는 친구들에게 한 것이었는지 아니면 죽은 친구들", 즉 서재의 책들에게 한 것이었는지 분간이 되지 않았다고 한다. 물론 시인은 자기 곁을 끝까지 지켜준 충직한 친구들에게 마지막 인사를 건네고 싶었을 것이다. 동시에 이 짧은 작별 인사는 시인 인생의 각별한 동반자였던 서가를 가득 채운 책들을 향한 것이었다.

시인이 세상을 떠나는 마지막까지 눈에 담고 싶었던
서가의 책들은 "식구들 안에서도 남의 집 아이처럼"
느꼈던 어린 푸시킨에게 부족했던 부모의 사랑을 대신
채워주었다. 가정 경영에 서툰 가난한 구두쇠 아버지와
살림에 도통 관심이 없었던 어머니는 게으르고 살갑지
못한 둘째 알렉산드르에게 인색했다. 하지만 프랑스어로
시를 쓰기도 하고 가족 연극을 올리기도 했던
아버지의 서재만큼은 풍족하고 너그러웠다. 푸시킨은
아버지의 서재에서 고전과 몰리에르, 코르네유, 라신,
볼테르뿐 아니라 프랑스 연시와 연애소설을 가리지
않고 탐독했다. 평생 돈에 쪼들렸던 시인이었지만
책을 구입하는 데는 돈을 아끼지 않았으며 재정난에
시달리면서도 지인들에게 책과 잡지 따위를 요청하는
편지를 보내는 일에는 지치지 않았다. 시인이 각별히
아꼈던 남동생 레프에게 어느 날은 돈이 없어서 "목을
매달 지경"이라고 안달하면서도 필요한 책들을 사서
보내라는 부탁은 빠뜨리지 않았다. 푸시킨의 재능을
알아보고 후원자를 자처한 히트로보 부인처럼 가난한
시인에게 필요한 책들을 공급해주었던 좋은 벗들도
가까이 있었다. 어느 날 시인은 "내 서재가 자라고 있고
점점 빽빽해지고 있다"며 뿌듯해하기도 했다. 바로
이 서재 안 긴 의자에서 그의 자랑인 빽빽한 책들에

둘러싸여 네 자녀들, 그리고 아내와 작별 인사를 나눈 후 시인은 환한 얼굴로 "생이 끝났다"고 정확한 발음으로 말한 후 숨을 멈추었다.

책의 사람, 푸시킨

한마디로 내게 푸시킨은 '책의 사람'이다. 시인을 키운 것은 8할이, 아니 9할이 책이었다. 시인을 따라다니는 유명한 수식어들, 가령 '러시아문학의 아버지' '러시아 시문학의 태양' '러시아 문학어의 정초자定礎者' 등은 푸시킨의 놀라운 문학적 성취와 업적을 잘 드러내는 표현이지만 개인적으로 '나의 푸시킨'은 읽고 쓰는 사람으로 요약된다. 더 정확히는 '많이 읽어서 뛰어나게 쓸 수 있었던' 작가다. 푸시킨이 바이런과 셰익스피어, 월터 스콧을 읽지 않았더라면 남부 유배 시절의 낭만 서사시들과『폴타바』 『보리스 고두노프』『눌린 백작』『예브게니 오네긴』그리고 『벨킨 이야기』『두브롭스키』『대위의 딸』도 쓰일 수 없었을 것이다.『스페이드 여왕』또한 동시대 환상소설 및 고딕소설의 영향력 아래 쓰였다. 동시에 그의 문학은 지금까지도 러시아문학의 기준이자 그 정점이라는 데 이견을 달 수 없을 만큼 독보적인 위치를 차지한다. 현실적인 차원에서도 푸시킨은 러시아 최초의 전업

작가라는 타이틀을 가지고 있다는 점, 그리고 러시아에서
저작권의 필요성을 제기한 최초의 작가라는 점도 특기할
만하다.

너무 오래되어 출처도 기억나지 않지만, 어느
가장무도회에 푸시킨이 책 모양 의상을 입고 참석했었다는
일화를 읽은 적이 있다. 그 진위를 지금에 와서 확인할
수는 없으나 설령 그것이 왜곡된 기억에 가깝다 하더라도
이보다 더 시인을 잘 보여주는 장면은 없다는 생각이
든다. 플로베르가 자칭 '인간-펜'이라는 표현으로 작가의
정체성을 간결하게 정의했다면 푸시킨은 '인간-책'으로
자신의 정체성을 온몸으로 표현한 셈이다.

러시아에서는 오래전부터 푸시킨의 허다한 문장들이
'명언'으로 회자되어 왔다. 푸시킨이 평생 읽고 써 내려간
문장을 선별하여 번역하는 동안, 시인 특유의 간결하고
소박하며 고도로 압축된 아름다운 러시아어를 우리말로
온전히 옮길 수 없으리라는 낙담보다는 푸시킨의
아포리즘을 국내에 처음으로 소개할 기회를 갖게 된
기쁨이 더 컸다. 여기 담긴 "반쯤은 우습고 반쯤은 슬픈,
서민적이고 이상적인, 다채로운" 문장들이 푸시킨을
더 깊이 읽고 더 깊이 알아가는 마중물이 되기를 바라
마지않는다.

끝으로, 푸시킨이라는 '인간-책'을 읽으며 누렸던 그간의
나의 즐거움을 시인의 말로 전하고 싶다.

후손들에게는 위대한 작가가 쓴 글귀 하나하나도 소중한 것이 된다. 그것이 가계부의 일부이거나 재봉사에게 써준 체불 증명서일지라도 우리는 호기심으로 가득 차 그 글씨들을 들여다보곤 한다. 이 별것 아닌 숫자들, 아무 의미도 없는 단어들을 써 내려간 바로 그 손이 그와 똑같은 필체로 혹은 그 글씨를 썼던 바로 그 펜으로, 우리가 감탄해가며 연구하는 위대한 작품을 써 내려갔다는 생각에 절로 경탄해 마지않는 것이다.

알렉산드르 푸시킨, 「볼테르에 관하여」

2026년 1월

심지은

선한 감정 리라로 일깨우고
엄혹한 시대에 자유를 드높이고
넘어진 자에게 긍휼을 구하고자 쓰다
「나는 내 기적의 기념비를 세웠다」

I

삶 속으로

1 삶이 그대를 속일지라도
슬퍼하거나 노여워하지 말라!
슬픔의 날 참고 견디면
기쁨의 날 오리라 믿으라.

마음은 미래에 살고
현재는 언제나 슬픈 것.
모든 것이 순간이고 모든 것이 지나가니
지나간 일은 다 소중해지리라.

「삶이 그대를 속일지라도」

2 나는 매주마다 아니, 매시간마다 바보가 되고
늙어간다네.

「뱌젬스키[1]에게 쓴 편지(1820. 4. 21.)」

3 이 세상에 행복은 없다오. 평온과 자유만이 있을 뿐.

「시간이 되었소, 친구여」

4 아들아, 공부하거라. 학문은
쏜살같은 우리 인생의 경험을 단축시켜주느니라.

---

1   표트르 안드레예비치 뱌젬스키(Pyotr Andreevich Vyazemsky, 1792~1878).
러시아의 낭만주의 시인. 푸시킨의 가장 친한 친구 중 하나로 『예브게
니 오네긴』에도 등장한다.

『보리스 고두노프』

5 제가 완전히 솔직하기를 바라십니까? 어쩌면 제
글 속에서 저는 세련되고 교양 있는 사람일지도
모릅니다만 제 속마음은 철저히 천박하며 타고난
기질상 완전히 소시민적이랍니다.

「히트로보 부인[2]에게 쓴 편지(1820. 10.)」

6 저는 말 그대로 단 한 푼도 없습니다. 하루이틀만
기다려주십시오.

「히트로보 부인에게 쓴 편지(1830년 또는 1831년)」

7 필요한 순간에 돈이 한 푼도 없어. 언제 어떻게 돈을
받을 수 있을지도 모르겠다. 무사태평과 이기주의의
경박함은 어느 정도까지만 양해가 되는 것 같아.

---

2 엘리자베타 미하일로브나 히트로보(Elizaveta Mikhailovna Khitrovo,
1783~1839). 1812년 나폴레옹전쟁을 지휘했던 총사령관 미하일 쿠투조
프의 딸. 히트로보 부인의 문학 살롱은 페테르부르크 문사들 사이에서
유럽식과 러시아식이 가장 잘 절충된 사교계로 명망이 높았다. 그는 평
생 푸시킨의 충실한 조력자 역할을 자원하였다.

「델비크[3]에게 쓴 편지(1826. 6. 10.)」

8　(당신이) 존중받고자 한다면 상대방을 존중할 줄
　　알아야 한다.

　　「드 스탈 부인[4]과 A. M-v[5]에 관하여」

9　어려움을 이겨내면 우리는 늘 만족감을 느끼게
　　되는데 분수를 알고 도를 넘지 않는 것은 인간의
　　타고난 본성이다.

　　「고전주의 시와 낭만주의 시에 관하여」

10　제가 유일하게 갈망하는 것은 자립(단어야 별것 아니지만
　　그 자체로 좋은)입니다. 용기와 고집의 도움을 받아 저는
　　마침내 자립을 얻었습니다.

3　안톤 안토노비치 델비크(Anton Antonovich Del'vig, 1798~1831). 러시아의 낭
　　만주의 시인. 푸시킨의 리세 동기로, 동시대인들의 회상에 따르면 푸시킨
　　이 가장 사랑한 친구였다. 푸시킨과 함께 만든 〈문학 신문〉의 필화 사건으
　　로 인해 '제3부'와 불화를 겪은 후 갑작스럽게 사망하였다.

4　마담 드 스탈(Madame de Staël-Holstein, 1766~1817). 프랑스의 낭만주의 소설
　　가이자 비평가. 샤토브리앙과 더불어 프랑스 낭만주의의 선구자로 평가
　　된다.

5　A. A. 무하노프(A. A. Mukhanov, 1802~1834). 핀란드에서 부관으로 복무할
　　당시 〈조국의 아들〉 1825년 10호에 드 스탈 부인에 대한 글을 기고했다.

「카즈나체예프[6]에게 쓴 편지(1824. 5. 22.)」

11 진정한 교양이란 편견이 없는 것이다.
「크릴로프[7]의 우화 번역에 부친 르몽테[8]의 서문에 관하여」

12 사랑은 가장 변덕스러운 열정이다. 지성과
아름다움보다는 허구한 날 젊음을 선호하는
어리석음과 추함에 대해서는 아예 말하지 않겠다.
「비평에 반박하다」

13 자네가 아픈지 아닌지는 모르겠으나 우리 모두
어딘가는 아프다네.
「뱌젬스키에게 쓴 편지(1826)」

14 역사는 길고 인생은 짧지. 더 나쁜 건 인간의 천성은

---

6 알렉산드르 이바노비치 카즈나체예프(Alexandr Ivanobich Kaznacheev, 1788~1880). 푸시킨의 오데사 유배 시기의 지인으로 푸시킨의 신망을 얻었다. 1823년 당시 노보로시야 및 베사라비아 총독 보론초프 백작의 관방 책임자로 재직하고 있었다.

7 이반 안드레예비치 크릴로프(Ivan Andreyevich Krylov, 1768~1844). 러시아의 유명한 시인이자 우화 작가. 1810년 페테르부르크 왕실 공공도서관에서 사서로 경력을 시작하여 1841년 퇴직하였다.

8 피에르-에두아르 르몽테(Pierre-Édouard Lémontey, 1762~1826). 프랑스의 역사가.

게으르다는 걸세(특히 러시아인의 천성).

「코르프[9]에게 쓴 편지(1836. 10. 14.)」

15 리세를 졸업하고 나는 곧장 내 어머니의 영지가
있는 시골 프스코프로 갔다. 시골살이와 러시아식
사우나와 딸기 등등이 얼마나 날 기쁘게 했는지
기억이 난다. 그러나 이 모든 게 내 맘에 들었던
기간은 길지 않았다. 나는 소음과 군중을 사랑했고
지금까지도 사랑한다.

「일기(1824. 11. 19.)」

16 인간의 본성은 늘 완벽하지는 않다.

「민중극과 드라마 『태수의 아내 마르파』[10]에 관하여」

17 헛되이 나는 시온산을 오른다
탐욕스러운 허물이 내 뒤를 바짝 뒤쫓는다…….
굶주린 사자가 흩날리는 모래 속에

---

9   모데스트 안드레예비치 코르프(Modest Andreevich Korf, 1800~1876). 푸시킨
    의 리세 동기. 시인과는 소원한 사이였으며 시인에 대한 악의적 회상록을
    남겼다.

10 러시아의 역사가이자 작가, 비평가인 미하일 페트로비치 포고딘(Mikhail
    Petrovich Pogodin, 1800~1875)의 역사 비극. 1478년 이반 3세의 노브고로드
    의 함락 사건을 다루고 있다.

먼지투성이 콧구멍을 처박으며 도망치는 사향노루

뒤쫓듯.

「헛되이 나는 시온산을 오른다」

18 꿈도 시절도 되돌릴 수는 없다.

『예브게니 오네긴』

19 마침내 시골에서 살게 된 우리의 오네긴.

지금껏 질서를 무시하고 방탕했지만

농장과 호수와 숲과 땅을 독차지한 그는

예전과는 뭔가 다르게 살 수 있어

몹시 기뻤다.

인적 드문 초원과

빽빽한 참나무 숲의 냉기

고요하게 흐르는 시냇물 소리가

이틀은 신선했다.

사흘째가 되자 언덕이고 초원이고

그의 관심사에서 멀어졌고

그다음엔 졸음이 밀려왔다.

그다음엔 분명히 깨달았다.

비록 포장도로와 궁전,

카드 게임, 무도회, 시는 없지만

시골에도 지루함이 있다는 것을.

우울증은 그를 감시하며

졸졸 쫓아다녔다.

그림자처럼, 정숙한 아내처럼.

『예브게니 오네긴』

20 열정의 격랑을 몸소 겪고서

마침내 떠나온 자에게 복이 있나니.

열정의 격랑도 모른 채

사랑은 이별로 식히고

적의는 독설로 식힌 자, 때로는

친구들과 아내와 함께 하품하며

질투의 고통에 시달리지 않고

선조의 든든한 재산을 간교한 노름패에

걸지 않은 자, 더 큰 복이 있도다.

고요한 분별력의 깃발 아래

우리가 확고히 거할 때

열정의 불길은 꺼질 테고

제멋대로 분출하는 열정과

그 때늦은 반응들도

우습게 여겨질 때,

가까스로 철든 우리는 이따금

상대에게서 격동하는 열정의

이야기를 즐거이 들으며

덩달아 마음을 술렁인다.
오두막집에 틀어박혀 사는
늙은 상이용사가
콧수염 기른 청년들의 이야기에
기꺼이 열심 내어 귀 기울이듯.

『예브게니 오네긴』

21 마음속에 한 생각이 자리 잡았다.
대지에 떨어진 씨앗 하나
봄의 불꽃으로 생명을 틔우듯
때가 되니 타티야나가 사랑에 빠진 것.
오래전 그녀의 상상력은
나른한 그리움으로 타올랐고
운명을 판가름할 양식糧食을 갈망해왔다.
오래전 애타는 마음은
앳된 처녀의 가슴을 죄어왔다.
영혼은 기다리고 있었다…… 어느 누군가를.

『예브게니 오네긴』

22 예브게니는 이른 나이부터
떠들썩한 방탕과
고삐 풀린 열정의 희생양이었다.
인생의 습관으로 나쁜 버릇이 들어

하나에 잠시 마음을 쏟는가 하면

다른 하나에 실망하고

욕망으로 서서히 지쳐가고

종잡을 수 없는 승리에도 지쳐갔고

소란할 때나 고요할 때나

영혼의 끝없는 불평에 귀 기울이고

하품을 웃음으로 억누르면서

자그마치 8년이나 그는

꽃다운 시절을 허비했던 것이다.

『예브게니 오네긴』

23 나이 불문 사랑엔 장사가 없다.

하나 젊고 순결한 마음에는

들판을 뒤덮는 봄날의 폭우처럼

사랑의 충동이 유익하기에

열정의 비를 맞고 생기를 얻어

새롭고 성숙해지니

그렇게 왕성한 생명은

화려한 꽃과 달콤한 열매를 선사한다.

『예브게니 오네긴』

24 내가 좋아하는 건 여름날

혼자 우수에 젖어 헤매기

조용한 강 위로 드리운

저녁녘 그늘을 마주하기

달콤한 눈물 흘리며

머나먼 어둠을 바라보기.

(……)

아니면, 기분 전환 삼아

여가 시간에

교과서를 내려놓고

선량한 노파에게 들러

향기로운 차 한잔 마시기도 한다.

「도시(……에게)」

25 날마다 해마다 생각에 잠겨

다가올 죽음의 때가 언제일지

애써 헤아려보며

살아가는 데 익숙해졌다.

운명이 내게 보내줄 죽음의 자리는?

전쟁터 아니면 방랑길, 파도 속?

아니면 바로 옆 골짜기가

차디차게 식은 나의 유해 받아주려나?

아무것도 느끼지 못하는 내 육신

어디서 썩건 매한가지련만

그래도 좋아하는 자리에서

영원토록 잠들고 싶다.

내 무덤가 입구에

젊은 생명 뛰놀게 하고

무심한 자연이

영원한 아름다움으로 빛나게 하라.

「소란한 거리를 헤맬 때나」

26　때로는 짐이 많아 무거워도

짐마차 가볍게 달린다.

당당한 마부, 백발의 시간

마부석에서 내려올 생각 않고 달린다.

아침부터 마차에 오른 우리는

골치 아픈 일에도 기분 좋아

게으름과 느긋함을 경멸하며

'달려!' 소리친다…….

그러나 한낮이 되면 박력은 간데없어

덜컹거리는 데 지쳐버린 우리는

산비탈과 절벽에 겁을 집어먹고는

소리친다 "멍청하긴, 살살 몰게."

짐마차는 여전히 구르고

저녁엔 우리도 익숙해져

졸면서 숙소로 향해 가고

시간은 말을 몰며 달려간다.

「인생의 짐마차」

27 철없던 시절의 사그라진 즐거움
  탁한 숙취처럼 묵중하다.
  그러나 지난날의 슬픔은 날이 갈수록
  포도주처럼 내 마음속에서 진해져만 간다.
  내 앞길 험하다. 파도가
  요동치는 앞날의 바다는
  내게 수고와 고난을 약속한다.
  그래도 나는, 오 벗들이여, 죽고 싶지는 않다.
  사색하고 고통받기 위해 나 살고 싶다.
  슬픔과 근심과 번민 속에도
  기쁨이 있으리란 걸, 알고 있으니
  때로는 다시 조화로움에 취하고
  공상의 산물로 눈물 적시며
  그리고 어쩌면 나의 슬픈 해 질 녘엔
  사랑이 이별의 미소 지으며 빛날지도 모르니.

「엘레지」

28 사람은 대다수가 이기적이며 생각이 없고 경박하며
  교양 없고 고집이 셉니다. 오래된 진실이지만
  여하튼 반복해서 나쁠 건 없겠죠. 사람들은 대립을
  거의 참지 못하고 무례함을 절대로 용서하지 않으며

화려한 말에 쉽게 넘어가고 새로운 것은 뭐든지
기꺼이 되풀이합니다.

「다비도프[11]에게 쓴 편지(1823. 6. 혹은 1824. 7.)」

29 공포와 웃음은 양립할 수 없는 법.

『루슬란과 류드밀라』

30 우리 마음은 이상한 꿈으로
가득 차곤 한다. 혼자 혹은 둘이서
길을 가다 보면 머릿속에
쓸데없는 생각이 떠오르는 것이다.
그러하니 입을 단단히 다스리고
생각을 고삐에 묶어둔 자
순간 식식거리는 뱀을 마음속에 잠재우거나
숨통 막는 자에게는 복이 있나니.

『콜롬나의 작은 집』

31 봉기와 혁명이 내 마음에 든 적은 단 한 번도 없어,
이건 사실이야.

「바젬스키에게 쓴 편지(1826. 6. 10.)」

---

11   B. L. Davydov. 신원 미상.

32   오, 궁핍, 궁핍이라!

가난이 우리 마음을 얼마나 업신여기는지!

『인색한 기사』

33   그때는 아무도 내 용기와 막강한 힘의

원인이 뭔지 생각지도 않았지!

망가진 투구 때문에 나는 미쳐 날뛰었던 거야.

내 영웅적 행위의 결함이 뭔지 아나? 바로

인색함일세.

『인색한 기사』

34   예브게니는 무슨 생각을 했던가?

가난하다는 것과, 자립과 명예도

스스로 일해서 성취해야 한다는 것과

지혜와 돈이 굴러들어 온다면

좋겠다는 것과

지혜도 부족할뿐더러 게으른데도

인생살이가 너무나 쉬운

무위도식 행운아들에 대하여.

『청동 기마상』

35   누굴 사랑한담? 누굴 믿어야 해?

우릴 배신하지 않을 단 한 사람 누굴까?

모든 일과 모든 말을 살갑게

우리의 기준으로 재단할 자 누굴까?

우릴 향한 비방의 씨앗 뿌리지 않을 자 누굴까?

우릴 살뜰히 보살펴줄 자 누굴까?

우리의 결점 탓하지 않을 자 누굴까?

영원히 진력내지 않을 자 누굴까?

헛되이 허상을 찾는 자여,

존경하는 내 독자여!

공연히 애쓰지 말고

자기 자신이나 사랑하시라.

그럴 만하거니와, 정말이지

그보다 더 친애하는 상대는 없잖소.

『예브게니 오네긴』

36 신의 심판 피할 수 없듯

세상의 심판 또한 피할 수 없으리.

『보리스 고두노프』

37 돈이요? 돈이란

언제든지 노소를 막론하고 쓸모 있는 것이지요.

하지만 젊은이는 돈에서 민첩한 하인을 찾아내

절약하지 않고 이리저리 보내지만

늙은이는 돈에서 믿을 만한 친구를 찾아내

신줏단지 모시듯 소중히 하지요.

『인색한 기사』

38 우리는 일종의 이기주의 때문에 불행한 사람들을
    동정합니다. 실상을 따져보자면 우리만 불행한
    것은 아니지요. 전적으로 고상하고 이타적인
    마음만이 행복에 공감할 수 있답니다. 그런데
    행복이란…… 이것은 라블레가 천국과 영생에 대해
    말했듯이 위대한 "어쩌면"입니다. 행복에 관한
    문제에서 나는 무신론자입니다. 나는 행복을 믿지
    않으며 옛 친구들과 회합할 때만 이에 대해 약간의
    회의주의자가 되지요.

    「오시포바 부인[12]에게 쓴 편지(1830. 11.)」

39 바람난 젊은이가 약아빠진 탕녀
    아니면 자기한테 홀딱 넘어간
    멍청한 여인네와의 밀회 기다리듯
    나는 하루 종일 내 비밀의 지하창고 안
    충실한 궤짝을 보러 내려갈 때를 기다린다.

---

12 프라스코비야 알렉산드로브나 오시포바(Praskov'ya Alexandrovna Osipova,
    1781~1859). 프스코프 트리고르스코예 영지의 지주. 푸시킨의 미하일롭스
    코예 유배 시기 정신적 교류를 나눈 유일한 친구로, 푸시킨은 그녀의 딸
    들과 가벼운 연정을 나누었다.

행복한 날이다! 나는 오늘

여섯 번째 궤짝(아직은 가득 차지 않은)에

모아놓은 황금 한 줌을 넣어둘 수 있다.

보기엔 많지 않지만 그래도 조금씩

보물은 늘어나고 있다. 어디선가 읽었는데

어느 날 한 황제가 자기 군사에게

흙을 한 줌씩 가져다 쌓으라고 했다지.

그러자 언덕이 기세등등 솟았고 황제는

그 꼭대기에서 기뻐하며 내려다보았다지.

흰 천막으로 뒤덮인 골짜기와

배들이 오가는 바다를.

이렇게 나도 초라하나마 날마다

한 줌씩 내 제물을 여기 지하실에 바쳤더니

내 언덕이 솟아나더군. 그러자 그 꼭대기에서

내 발아래 속한 것들을 전부 다 둘러볼 수 있더라고.

내 지배를 받지 않는 게 어디 있겠어? 어떤 악마처럼

여기서 나는 세상을 지배할 수 있는 거야.

내가 원하기만 하면 궁전이 뚝딱 들어서고

요정들은 내 웅장한 정원으로

팔짝 뛰며 무리지어 몰려들겠지.

뮤즈들은 내게 제물을 바칠 테고

자유로운 영혼은 기꺼이 내 노예가 될 테고

선행과 밤잠 못 자며 한 수고는

얌전히 내 보상을 기다리고 있겠지.

내 휘파람 소리 한 번이면 피 칠갑한 악당도

내 눈을 쳐다보면서 그 안에 담긴 내 뜻을 읽으며

모두가 내 말을 듣는데 난 그 누구 말도 듣지 않지.

나는 모든 욕망을 뛰어넘었고 그래서 평온하다.

나는 내가 가진 힘을 알고 있으며 이것을

알고 있다는 것만으로 만족한다……(자기 황금을

쳐다본다).

얼마 안 되는 것 같아도

엄청난 인간의 수고와

속임수와 눈물과 기원과 저주의

무게가 여기에 묵직하게 들어 있는 것이다!

(……)

그렇지! 만일 모든 피와 땀과 눈물을

여기 고이 모셔진 것들을 위해 흘린 거라면

갑자기 땅속에서 이것들이 다 터져버리면

다시 대홍수가 나고 말 테지, 나는 충실한

내 지하실에서 숨이 막혀 죽겠지. 그래도 해봐야지.

(궤짝을 열고 싶어 한다.)

내 궤짝을 열 때마다 매번 나는

흥분되고 온몸이 떨린다.

두려워서가 아냐(오, 아니지! 내가 겁날 게 뭐 있어?

내겐 내 장검이 있거든. 정직한 강철 칼날이

내 황금을 책임지고 있다). 하지만 내 심장은
알 수 없는 감정으로 죄어든다…….
의원들은 확신하더군, 살인에서 즐거움을
느끼는 인간들이 있다고 말야.
자물쇠에 열쇠를 밀어 넣을 때
그들이 희생자의 몸에 칼을 찔러 넣을 때
느끼는 그 감정을 나도 느껴. 즐거우면서
동시에 두렵기도 해.

(궤짝을 연다.)

이것이야말로 나의 축복!

(돈을 담는다.)

들어가거라, 인간의 열정과 결핍에 봉사하며
세상을 두루 다니는 건 이걸로 족하다.
여기서 강건하게 평안하게 잠들거라.
깊은 하늘에서 신들이 잠자듯이…….
오늘은 내가 나에게 주연을 베풀리.
나는 모든 궤짝 앞에 촛불을 켜고
궤짝 뚜껑은 모조리 열어젖혀 그 사이에 서서
빛나는 황금 더미를 바라보련다.

(촛불을 켜고 궤짝을 하나씩 열어젖힌다.)

나 다스리노라! 이 마법 같은 광채!
순종하는 내 왕국은 강력하도다.
내 왕국에 행복이, 내 왕국에 나의 명예와 영광이

있도다!

나 다스리노라……. 하지만 내 뒤를 이어
누가 이 왕국을 통치하게 될 것인가? 내 후계자!
돈이나 축내는 정신 나간 애송이
난봉꾼들하고나 어울려 다니는 녀석!
내가 죽자마자 그놈, 그놈이! 여기로
이 평화로운 침묵의 전당으로 내려와
아첨꾼과 탐욕스러운 간신배 무리와 어울려
내 주검에서 열쇠를 훔쳐
낄낄대며 궤짝을 열어젖히겠지.
그러면 내 보물들은
구멍 난 새틴 주머니 안에서 흘러넘치겠지.
그놈은 신성한 옥합을 깨서
차르의 기름을 쓰레기에 다 쏟아붓고 말 거야
다 써버리고 말 텐데…… 대체 무슨 권리로?
이 모든 걸 내가 공짜로 얻었단 말인가
아니면 주사위나 흔들며 판돈을
쓸어 모으는 운 좋은 노름꾼이라도 된단 말인가?
이 모든 걸 얻으려고 내가
얼마나 쓰디쓴 절제와
족쇄 채운 열정과 고통스러운 번민과
한낮의 수고와 불면의 밤으로 값을 치렀는지
그 누가 알리? 아들놈은 말하겠지,

내 심장엔 이끼가 끼었다고.

나는 욕망도 모르고 양심의 가책이란 것도

도무지 몰랐다고 말이야. 양심은

날카로운 발톱으로 심장을 할퀴는 짐승,

불청객, 귀찮은 말 상대,

천박한 채권자, 양심은

달빛을 가리고 무덤을 열어

망자들을 일으키는 마녀가 아니던가?

아니지, 고생고생해서 부를 모은 자가

피 흘려 얻은 걸 탕진하는 불운아가

되는 건 본 적이 없어.

아, 형편없는 녀석들의 눈길에서

이 지하실을 감출 수만 있다면! 아, 무덤에서

나와 파수꾼 유령이 되어 여기 이 궤짝 위에 앉아

지금처럼 내 보물을 지킬 수 있다면!

『인색한 기사』

40 아냐! 난 더 이상 내 운명에

저항할 수가 없어. 나는 그자를

멈춰 세우도록 선택되었어. 그렇지 않으면 우린 다,

음악의 사제이자 종복인 우린 다 끝장이야.

나 혼자만 영광을 누리지 못하고 끝나는 문제가

아냐……

모차르트가 살아서 새롭게 정상에 오른들
대체 무슨 유익이 있다는 거야?
그래서 그자가 예술을 높일 수 있겠어? 아니.
그자가 사라지고 나면 예술은 다시 땅에 떨어질
테고
후계자도 남지 않을 거야.
그자가 주는 유익이 대체 뭐냐고? 케루빔이나
되는 듯
우리에게 천국의 노래 몇 곡을 가져다주었지만
티끌로 빚은 자녀인 우리들 마음속에
날개 없는 갈망만 일깨워놓고 날아가버리겠지!
아예 날아가버려! 빠를수록 더 좋아.

『모차르트와 살리에리』

41 나는 질투한다. 깊이,
번민하며 질투한다. 오 하늘이여!
공정이란 게 대체 어디 있단 말인가. 신성한 재능이,
불멸의 천재가 뜨거운 애정과
희생과 수고와 노력과 간구의
보상으로 하사된 게 아니라
쓸모없는 한량에, 정신 나간 저놈의 머리통을
환히 비추고 있을 때는? 오 모차르트, 모차르트!

『모차르트와 살리에리』

42 모두들 자네처럼 하모니의 힘을

느낄 수만 있다면! 하지만 안 될 말씀, 그렇게 되면

이 세상은 존재할 수가 없을 테니까.

저급한 삶의 필요를 외면한 채

다들 자유로운 예술에 헌신하려 할 테지.

우리처럼 선택된 자들은 극소수일세,

놀고먹는 행운아요,

변변치 못한 유익을 경멸하는 자요,

아름다움 하나만을 섬기는 사제들.

그렇지 않나?

『모차르트와 살리에리』

43 인간의 어리석음은 그의 행동거지 아니면 그의

말에서 드러난다.

「비평에 반박하다」

44 어떻게 당신의 남편이 될 수 있을까요?

천국을 상상할 수 없는 것만큼이나 그것을 상상할

수가 없군요.

「케른 부인[13]에게 쓴 편지(1825. 8. 13.~1825. 8. 24.)」

---

13 안나 페트로브나 케른(Anna Petrovna Kern, 1800~1879). 푸시킨의 뜨거운 연
    모의 대상 가운데 하나로, 그의 절창 「기적의 순간을 기억하오」(1825)의
    수신인으로 알려져 있다.

45 콜레라가 터키인의 총알보다 덜 위험하다는 걸 알고
있네. 고립감과 감감무소식이야말로 괴로운 일이야.

「델비크에게 쓴 편지(1830. 11. 4.)」

46 페테르부르크의 삶은 이도 저도 아닐세. 생활에
대한 걱정이 지루할 틈을 주지 않는군. 하지만 내겐
여유도, 작가에게 꼭 필요한 자유로운 독신 생활도
없네. 난 사교계를 드나들고 집사람은 최신 유행을
뒤쫓고 있지. 이게 다 돈이 드는 일일세. 돈은 내가
노동을 해야만 얻을 수 있는 것이고 노동은 고독을
필요로 한다네.

앞으론 이럴 작정일세. 여름에 아내가 출산하고
나면 자매들이 있는 칼루가 시골로 보내고
난 니즈니 노브고로드로 가는 거야. 어쩌면
아스트라한에 갈지도 몰라. 가는 길에 들를 테니
실컷 얘기하자고.

정신뿐만이 아니라 육신을 위해서도 내게는 여행이
필요하다네.

「나쇼킨[14]에게 쓴 편지(1833. 2. 25.)」

---

14   파벨 보이노비치 나쇼킨(Pavel Voinovich Nashchokin, 1794~1856). 푸시킨이
      말년에 가장 가깝게 지낸 친구였다. 계산속 없이 선량하고 관대한 성격의
      소유자로 시인을 인간적으로 아꼈다.

47 난 결혼했고 행복하네. 단 하나 소망이 있다면 내 인생에서 아무것도 변하지 않는 거라네, 이보다 더 나은 건 바라지도 않아. 이런 상태가 내게는 너무나 새로워서 다시 태어난 것만 같다네.

「플레트뇨프[15]에게 쓴 편지(1831. 2. 24.)」

48 나탈리야[16]는 임신 중일세, 5월에 출산해. 이 모든 게 내 삶의 방식을 몹시 바꾸어놓았다네. 그래서 모든 것에 대해 생각해야만 해.

「나쇼킨에게 쓴 편지(1823. 10. 22.)」

49 19일 자 자네 편지는 날 단단히 슬프게 만들었네. 또다시 우울증에 빠졌군. 이봐, 우울증은 콜레라보다 더 나빠. 하나는 그저 육신만 죽이지만 다른 하나는 영혼을 죽이거든. 델비크도 죽었고 몰차노프도 죽었어. 봐봐, 주콥스키도 죽을 테고 우리도 죽을 걸세. 그렇지만 인생은 여전히 풍성하잖나. 우린 앞으로 새로운 사람들을 만날 테고 새 친구들은

---

15 표트르 알렉산드로비치 플레트뇨프(Pyotr Alexandrovich Pletnyov, 1792~1862). 러시아의 시인, 교육가, 비평가, 출판인. 푸시킨의 작품 출판에 주력했으며 시인의 평생의 문학적 동반자였다.

16 나탈리야 니콜라예브나 곤차로바(Nataliya Nikolaevna Goncharova, 1812~1863). 푸시킨의 아내.

우리와 친해지겠지. 자네 딸은 자라서 신붓감이 될
걸세. 우린 노인네가 될 테고. 우리 아내들도 노파가
될 거야. 하지만 아이들은 멋지고 젊고 쾌활한
이들로 자랄 거야. 사내애들은 여자 뒤꽁무니를
쫓아다니겠지. 여자애들은 감상에 빠질 테고. 이런
걸 보면 우리가 얼마나 좋겠나.

이보게, 실없는 소리 말고 우울해하지 말게,
콜레라는 조만간 지나갈 거야. 우리가 살아 있기만
하다면 언젠간 좋은 일도 있을 걸세.

「플레트뇨프에게 쓴 편지(1831. 7. 22.)」

50 불행은 좋은 학교라고들 말하네, 그럴지도 몰라.
하지만 행복은 최고의 대학일세. 행복은 선과 미를
촉진하는 영혼의 양육을 완성하지.

「나쇼킨에게 쓴 편지(1834. 3.)」

51 내 잘못이니 변명하지 않겠네. 돈이 들어왔다가는
손가락 사이로 빠져나간다네. 다른 사람 빚은 갚고
다른 사람 영지는 되찾아주었네만 정작 내 빚은
목까지 꽉 찼다네. 최악으로 괴로운 사정 때문에 내
상황이 녹록지 않아……. 그래서 가을까지 기한을
연장해달라고 자네에게 부탁하지 않을 수 없게
되었군.

「야코블레프[17]에게 쓴 편지(1836. 7. 9.)」

52 천재는 한눈에 진리를 열어 보입니다. 성경이
말하듯 '진리는 황제보다 강합니다'.

「톨[18]에게 쓴 편지(1837. 1. 26.)」

53 시간은 사람을 육체적으로만이 아니라 정신적으로도
변하게 만든다. 사람은 어른이 되면 한숨을 쉬든
웃음을 짓든 간에 청년을 설레게 했던 꿈들을
부정하게 된다. 젊어 보이는 생각들은, 나이에 비해
젊어 보이는 얼굴처럼 늘 뭔가 어색하고 우스꽝스러운
데가 있다. 어리석은 사람만이 변하지 않는바, 시간이
그에게 발전을 가져다주지 않기 때문이며 경험이란
것도 그에게는 존재하지 않기 때문이다.

「알렉산드르 라디셰프[19]에 관하여」

---

17 이반 알렉세예비치 야코블레프(Ivan Alexeevich Yakovlev, 1804~1882). 공장을
소유한 부유한 지주로 유명한 도박꾼이기도 했다. 푸시킨도 그에게 도박
빚을 겼는데 생전에 갚지 못했다.

18 카를 표도로비치 톨(Karl Fyodorovich Tol', 1777~1842). 1812년 나폴레옹전쟁
에 참전한 장교로 러시아제국의 국가평의회 위원이었다.

19 알렉산드르 니콜라예비치 라디셰프(Alexandr Nikolaevich Radishchev,
1749~1802). 러시아의 시인, 소설가, 사상가. 대표작인 1790년『페테르부
르크에서 모스크바로의 여행』은 동시대 농민의 삶에 대한 고발과 정부에
대한 비난으로 예카테리나 2세의 분노를 샀으며 러시아혁명의 원조로
평가받는 문제작이기도 하다.

54 비난과 욕설은 설득력이 없으며 사랑이 없는 곳에는
   진리도 없다.

「알렉산드르 라디셰프에 관하여」

55 승리는 우리 것이라고 나 생각했지만
   그러나 진짜 승자는
   끈질기게 나를 쫓는 운명이었다.

『루슬란과 류드밀라』

56 눈먼 행복과 적들의 모욕과
   경박한 오케아니스[20]의 변심과
   바보들의 소란스러운 험담도
   나 노래하며 잊었노라.

『루슬란과 류드밀라』

57 나 핍박에 처해 일찍부터 슬픔을 알았고
   나 중상모략과 앙심 품은 천박한 이들의 희생양이
   되었다
   그러나 자유와 인내로 마음을 단련하며
   좋은 날 오기를 편안히 기다렸다

---

20 그리스신화 속 물의 요정으로, 아버지 오케아노스와 어머니 테티스의 수
   많은 딸들을 카리키기도 한다.

그리고 내 친구들의 행복이
내겐 달콤한 위안이었다.

『카프카즈의 포로』

58 늙은 아비에게
딸아이의 뜻은 법이나 매한가지
그의 관심사는 오직 하나
애지중지하는 딸의 팔자가
봄날처럼 화사해
한순간의 슬픔도
딸아이 마음 어둡게 하지 않고
심지어 결혼해서도
가벼운 꿈결처럼 반짝이던
처녀 적 즐거운 나날을
애틋하게 회상하는 것.

『바흐치사라이의 분수』

59 그러나 자연의 가엾은 자녀들
그대들 속에도 행복은 없어라!
낡아 헤진 천막 아래
괴로운 꿈들이 둥지를 틀고
그대들 유랑의 천막도
광야의 재난 막지 못하고

치명적인 열정은 어디나 있어

운명을 피할 길 없어라.

『집시들』

60 청춘의 심장은 순간

타오르다 사그라든다. 사랑은

그 속에 오가기를 반복해

날마다 색다른 감정 일지만

세파에 시달려 돌처럼 딱딱한

노인의 심장은

그다지 고분고분하지도, 경박하지도 않아

순간의 정념으로 타오르기보다는

서서히 끈질기게

정념의 불꽃 속에서 벼려진다.

하나 때늦은 열기는 식을 줄 몰라

생명이 떠나야 비로소 멈춘다.

『폴타바』

61 솜털 보송보송한 청년의 뺨과

아마亞麻빛 고수머리뿐 아니라

노인의 근엄한 표정

이마를 덮은 상흔과 백발도

미녀의 상상력에

강렬한 공상을 불어넣는다네.

『폴타바』

62 비유적으로든 축자적으로든 마부에서
일류 시인에 이르기까지 우리네 민족은
구슬픈 노래로 일가를 이루었다. 러시아 노래는
처량한 절규. 이는 널리 알려진 특징인걸!
건배로 시작해도 어느새 장송곡.
슬픔으로 따뜻하게 데워진
우리의 뮤즈와 처녀들의 화음.
그런데 나는 그녀들의 애조 띤 곡조에 마음이 간다.

『콜롬나의 작은 집』

63 들판의 화려한 봄꽃보다
때늦은 꽃이 더 사랑스럽다
우리 마음속 우울한 공상을
더 생생하게 일깨우니
때론 달콤한 밀회보다
작별의 시간이 더 생생한 법.

「들판의 화려한 봄꽃보다」

64 예전에도 그랬고 지금도 마찬가지
조심성 없는 나 금세 사랑에 빠진다

(……)

사랑이 내 인생을 얼마나 많이 희롱했던가?
아프로디테가 던져놓은 기만의 그물 속에서
나 젊은 매처럼 얼마나 몸부림쳤던가?

백번이나 수치를 당하고도 나아진 게 없는
나 새로운 우상에 매달려 애원한다…….

「예전에도 그랬고 지금도 마찬가지」

65 보통은 늦가을을 욕한다지만
    고요하고 소박하게 빛나는 아름다움이
    친애하는 독자여, 내겐 사랑스럽다.
    제 식구에게서 사랑받지 못한 아이에게
    내 마음 이끌리듯. 솔직히 말해
    사계 중 오로지 가을만 반갑다
    그 안엔 좋은 게 많다. 나 허세 부리는 연인은
아니지만
    내 멋대로 공상하며 그 안에서 뭔가를 발견했다.

「가을」

66 해마다 가을이면 나 다시 활짝 피어난다.
    러시아의 추위는 내 건강에 유익하다.
    익숙한 일상에 나 또다시 애착을 갖게 되니

연달아 공상이 찾아오고 연달아 식욕이 솟구친다.
심장의 피는 가볍고도 신나게 뛰놀고
소망이 끓어올라 나 다시 행복하고 젊어져
나 다시 생명으로 차오르니 이것이 내 유기체다.
(쓸데없는 산문체를 용서하시라.)
「가을」

67 내 삶의 통치자여! 우울과 허무의 영,
높아지려는 영과 저 숨은 뱀 같은
빈말의 영을 내 영혼에 불어넣지 마소서
오 주여 나로 내 허물은 보되
내 형제의 잘잘못은 따지지 않게 하소서
겸손과 인내와 사랑과 순결의 영을
내 마음에 소생케 하소서.
「속세 떠난 신부와 정결한 수녀들은」

68 표트르대제가 개혁한 국가에 꼭 필요한 정보를
습득하도록 외국으로 파송한 젊은이들 속에 차르의
대자代子, 흑인 이브라김도 있었다. 그는 파리
군사학교에서 수학하고 포병 대위로 졸업하였으며
스페인 전쟁에서 두각을 나타내다 중상을 입은 채로
파리로 귀환했다. 황제는 막중한 업무를 수행하는
사이사이 총신의 근황을 끊임없이 살폈는데 늘

그의 성공과 업적에 대해 칭찬하는 말을 듣곤 했다.
표트르는 이브라김을 매우 흡족해했으며 수차례 그를
러시아로 소환했다. 그는 부상 중이라거나 지식의
향상을 바란다거나 돈이 부족하다는 등의 구실로
핑계를 댔고 이에 표트르는 그의 요청을 관대하게
받아들이며 건강을 돌보라고 부탁했고 그의 공부
욕심을 치하했다. 자기를 위해서라면 극도로 지출을
아끼는 황제는 이브라김을 위해서는 국고를 아끼지
않았으며 지폐를 보낼 때 아비로서의 훈계와 경책하는
훈계를 덧붙이곤 했다.

(……)

이브라김의 출현, 그의 외모와 교양, 타고난 지성은
파리에서 세인의 관심을 불러일으켰다. 부인들은
자기 집에서 '차르의 흑인(le Nègre du czar)'[21]을 보기
위해 앞다투어 그를 낚아챘다. 오를레앙 공작(필리프
1세)은 몇 차례 자신의 즐거운 연회에 그를 초대했다.
그는 볼테르의 젊음과 사제 숄레의 열정으로 활기가
넘치는 만찬 자리에도 참석했고 몽테스키외와
퐁트넬과도 대화를 나누었다. 그는 제 나이와
제 출신에 걸맞은 불같은 열정으로 단 하나의

---

21   푸시킨의 미완성 소설 『표트르대제의 총신』의 주인공 이브라김은 자신의
      외증조부 아브람 페트로비치 한니발(Abram Petrovich Gannibal, 1696~1782)
      을 모델로 했다.

무도회도, 단 하나의 축제도, 단 하나의 초연初演도
놓치지 않으며 사교계의 온갖 소용돌이에 몸을
바쳤다. 이런 정신없는 생활, 이런 찬란한 유희를
페테르부르크 궁정의 엄격한 단순함과 바꾼다는
생각만이 이브라김을 무섭게 한 게 아니었다.
또 다른 강력한 밧줄이 그를 파리에 묶어놓았던
것이다. 젊은 아프리카인은 사랑을 하고 있었다.

『표트르대제의 총신』

69 러시아의 글쟁이들이 단체로
동료를 잔인하게 비웃으며
나를 귀족이라 부른다.
보라, 이 무슨 말도 안 되는 소리인가!
나 장교도 아니고, 8등 문관도 아니며
십자 훈장 받아 귀족 칭호 얻지 않았고[22]
학술원 회원도 아니며 교수도 아니다.
나는 그저 러시아의 소시민일 뿐.

나 시간의 변덕 이해하기에
거기에 토 달 생각은 정말로 없다.

---

22 표트르대제가 도입한 14등급의 관등 체계에서 8등관은 세습 귀족이 될
    수 있는 최하위 등급이었으며 성 블라디미르 십자 훈장을 받은 자도 귀족
    칭호를 받을 수 있었다.

우리네 새로운 명문 귀족 탄생했으니

새로 날수록 더 세도가 높다.

나는 쇠락해가는 가문의 잔해

(불행하게도 나 혼자만은 아니다)

옛날 옛적 보야르[23]의 후손.

이보게들, 나는 영세한 소시민일세.

나의 조부는 블린을 판 적도 없고[24]

차르의 부츠에 광을 내지도 않았으며[25]

궁정 성가대원들과 노래하지도 않았고[26]

---

23   고대 러시아의 최상위 세습 귀족계급. 표트르대제는 중앙집권화를 위해
독립적인 권력을 가진 보야르 계급을 무력화시켰다.

24   모스크바의 길거리에서 블린(러시아식 팬케이크)을 팔다 표트르대제에
게 발탁되어 공작이 된 대제의 총신 알렉산드르 다닐로비치 멘시코프
(Alexandr Danilovich Menshikov, 1787~1869)를 가리킨다.

25   전쟁 중 포로로 잡혀온 터키인으로 이발사 출신의 이반 파블로비치 쿠타
이소프(Ivan Pavlovich Kutaisov, 1782~1840)를 가리킨다. 그는 파벨 1세의 총
애를 받아 백작의 작위를 받았다.

26   성가대원 출신으로 옐리자베타 여제에게 발탁되어 여제의 애인이었다
가 남편이 된 알렉세이 그리고리예비치 라주몹스키(Alexei Grigor'evich
Razumovsky, 1748~1822)를 가리킨다. 그는 백작 작위를 받았으며 국민교육
부 장관직에 올랐다.

호홀에서 공작으로 껑충 뛰어오르지도 않았다.[27]
하얗게 분칠한 오스트리아 친위대에서 도망친
탈영병[28] 출신도 아니었다.
그러니 내가 어떻게 귀족이 되겠는가?
나는―주께 영광을―소시민이다.

나의 조상 라차[29]는 무용을 떨치며
성자 알렉산드르 넵스키를 섬겼고
권력자 이반 4세의 진노도
라차의 후손들을 피해갔다.
푸시킨 가문은 차르들과 잘 지냈고
니즈니 노브고로드의 소시민[30]이

---

27 '호홀'은 우크라이나인을 낮잡아 부르거나 친근하게 부르는 별칭이었
다. 예카테리나 2세의 총애를 받고 백작이 된 우크라이나 서기장의 아
들 알렉산드르 안드레예비치 베즈보롯코(Alexandr Andreevich Bezborodko,
1747~1799)를 가리킨다. 예카테리나 2세 시절 그는 러시아제국의 대외 정
치 책임자였다.

28 군 정착지 관리업무를 하여 알렉산드르 1세와 니콜라이 1세의 총애를
받았던 표트르 안드레예비치 클라인미헬(Pyotr Andreevich Kleinmikhel',
1793~1869)의 할아버지를 가리킨다.

29 푸시킨 가문의 시조. 12세기 프로이센에서 러시아로 이주하여 넵스키 공
후를 섬겼다고 전해진다. 여기서 시인은 자신이 600년 이상의 전통을 가
진 세습 귀족 출신임을 강조하고 있다.

30 당시 니즈니 노브고로드의 상인이었던 쿠지마 미닌(Kuzima Minin, ?~1616)은
폴란드와 싸우기 위해 민병대를 조직했다.

폴란드인들과 맞서 싸우던 그 시절에
그중 여럿은 명성을 떨쳤다.

반역과 간교한 음모들
광포한 전쟁의 참화를 진압하고서
민중이 서약서에 이름을 적어
로마노프 가문을 왕좌로 청할 때
우리도 그 서약서에 손을 얹었으며
수난자의 아들[31]은 우릴 긍휼히 여겼다.
한때 우리는 귀한 대접 받았다
한때는…… 하지만 나는 소시민이다.

외고집 기질이 우리 가문을 다 망쳤으니
그 굴하지 않는 성정으로 인해
나의 조상은 표트르대제와 맞서다
그의 손에 교수형을 당했다.[32]
그분의 사례는 우리의 교훈
군주는 논쟁을 좋아하지 않는 법.

---

31   로마노프왕조의 첫 번째 차르 미하일 표도로비치(Mikhail Fyodorovich,
1596~1645)를 가리킨다. 그의 아버지는 보리스 고두노프의 명에 의해 강
제로 수도승이 되었고 동란기 내내 포로로 잡혀 타국 생활을 해야 했다.

32   푸시킨의 증조부 표트르 페트로비치 푸시킨은 표트르대제의 개혁에 반대
하며 황제를 제거하려던 음모에 연루되었다.

야코프 돌고루코프 공후[33]는 행복하고
양순한 소시민은 영리하다.

페테르고프 궁정에서 반란이 일어났을 때[34]
나의 조부는 미니흐[35]처럼 충직하게
표트르 3세의 몰락을 지켰다.
그때 오를로프 형제는 영광을 누렸지만[36]
나의 조부는 격리되어 요새 감옥에 있었다.
그리하여 강직한 우리 가문 기가 꺾였고
태어나 보니 나 소시민이었다.

가문의 문장 새겨진 인장 아래
나 족보 뭉치 간직하고 있다.
신흥 귀족들과는 어울리지 않으며
오만한 혈기도 잠재웠다.

---

33   야코프 페트로비치 돌고루코프(Jákov Petrovich Dolgorukov, 1639~1720). 표트
르대제의 측근이자 직언을 서슴지 않는 인물로, 표트르대제의 부당한 칙
령을 찢은 사례로 유명하다.

34   예카테리나 2세는 1762년 남편 표트르 3세를 폐위하고 궁정 쿠데타로 권
좌에 올랐다.

35   흐리스토포르 안토노비치 미니흐(Khristofor Antonovich Minikh, 1683~1767).
독일 출신의 러시아 군인. 1762년 쿠데타 당시 예카테리나 2세에 맞서
저항군을 조직하려 했으나 실패했다.

36   그리고리와 알렉세이 두 형제는 예카테리나 2세의 궁정 쿠데타를 주도했
다. 동생인 그리고리가 표트르 3세를 살해한 인물로 알려져 있다.

나는 식자층에 시 짓는 자
무신[37]이 아닌 그냥 푸시킨.
나 부자도 아니고 궁정 가신도 아니나
나 자신은 큰 자, 나는 소시민이다.

추신(Post scriptum).
집 안에 앉아 피글랴린[38]이 결론짓길
나의 흑인 조부 한니발은
럼주 한 병에 팔려
선장의 손에 넘겨졌다고 하더군.

그 선장이 바로 그 명예로운 선장이다
우리 강토를 움직이고
조국이라는 함선의 키를 잡고
대국의 질주에 강력한 힘 부여한 그분.

---

37   몰락한 푸시킨가의 방계 가문인 무신-푸시킨 가문은 백작의 직위를 받고
      당시 막대한 부와 권력을 누렸다.

38   파데이 베네딕토비치 불가린(Faddei Venediktovich Bulgarin, 1789~1859)의 별
      명으로 광대를 뜻하는 러시아어 단어 '피글랴르'에서 파생되었다. 그는 폴
      란드 귀족 가문 출신으로 러시아 제국군에 복무하다가 나폴레옹 전쟁에서
      러시아군에 맞서 싸웠고 나폴레옹의 패배 이후 러시아로 돌아왔다. 또한
      그는 러시아제국의 비밀경찰인 '제3부'의 정보원으로 활동하며 푸시킨을
      감시했다. 소설가이자 비평가, 저널리스트로 활동하며 대중적 인기도 얻
      었는데 특히 그가 창간한 신문 〈북방의 벌〉은 당시 큰 상업적 성공을 거
      두었다.

그 선장은 나의 조부를 허물없이 대했고
싼값에 사들인 흑인은
성실하고 청렴하게 성장하여
차르의 노예가 아닌 측근이 되었다.

그분이 바로 한니발의 부친[39]이었다.
그분의 눈앞에서 깊은 체스마만 한가운데
막대한 적군 함대가 화염에 휩싸였고
처음으로 나바리노 요새가 함락되었다.

영감에 찬 피글랴린이 결론짓기를
나는 귀족 중에서 소시민이라더군.
그렇다면 그 잘난 집안 출신의 그자는?
그자는? …… 그자는 소시민[40]에 거하는 귀족.

「나의 계보」

---

39   이반 아브라모비치 한니발(Ivan Abramovich Gannibal, 1731~1801). 러시아·
      튀르크 전쟁 중 1770년 에게해 체스마만에서 벌어진 해전에서 러시아가
      오스만제국 함대를 상대로 결정적인 승리를 거두었는데, 한니발은 이 해
      전에서 큰 공을 세우고 성 게오르기 훈장을 받았다.
40   '소시민 거리'로도 번역할 수 있는 '메샨스카야 거리'를 가리킨다. 이곳은
      당시 매춘업의 중심지였다.

70   푸시킨 여기 묻히다. 그는 젊은 뮤즈와

사랑과 더불어 유유자적하게 즐거운 한 시절을 보냈다.

선한 일 하나 한 것 없으나, 아무렴 영혼만은

진정 선한 사람이었다.

「내 묘비명」

II

청춘의 초상

1 청춘은 위대한 마법사다.

「러시아의 펠햄」[1]

2 저는 스물일곱 살입니다. 인생을 살 때이지요, 즉
행복을 알 만한 때입니다. 당신은 제게 그 행복이
영원하진 않을 거라고 했지요, 좋은 뉴스입니다!

「줍코프[2]에게 쓴 편지(1826. 12. 1)」

3 만사에는 순서가 있으니
경박한 노인도 우습지만
점잖은 청년도 우습다

「카베린[3]에게」

4 오 우정이여, 아픈 내 영혼의
다정한 위로자여!
내 불행 달래며 애원하고

---

1   1834년경 푸시킨은 영국 작가 에드워드 불워-리턴(Edward Bulwer-Lytton,
1803~1873)의 소설 『펠햄, 혹은 젠틀맨의 모험Pelham, or, The Adventures of a
Gentleman』(1828)과 같은 장편소설을 기획하였다.

2   바실리 페트로비치 줍코프(Vasily Petrovich Zubkov, 1799~1862). 프리메이슨
단원으로 비밀결사의 회원이었다. 1826년 가을, 모스크바에서 푸시킨과
친분을 맺었다.

3   표트르 파블로비치 카베린(Pyotr Pavlovich Kaverin, 1794~1855). 장교, 푸시킨
의 친구.

내 마음에 평안을 회복하고

피 끓는 청춘의 우상인

내 자유 지켜주었다.

『루슬란과 류드밀라』

5   미지의 쾌락을 향한 음침한 허기는 나를 애먹이고

우수와 안일安逸은 나를 꽁꽁 묶었으니

내 젊음 헛되어라.

「나 어린 시절 학교 기억하니」

6   아, 온갖 재미에 빠져서

내 인생의 허다한 날들을 망쳤으니!

그래도 풍습이 나빠지지 않았더라면

무도회는 지금까지도 즐겼을 터.

시끌벅적한 젊음과 북적거림과

광채와 즐거움이 난 좋다.

『예브게니 오네긴』

7   난 화가 나 있었고 그는 음침했다.

둘 다 열정의 희롱을 알고 있었고

둘 다 세상살이에 힘겨워했고

둘 다 가슴의 열기는 식어 있었다.

눈먼 운명과 사람들의 적의가

인생의 첫새벽부터
우리 둘 모두를 기다리고 있었기에.

『예브게니 오네긴』

8 행복을 알았던 자 행복을 알지 못하리.
우리에게 축복은 짧은 순간 주어졌다.
청춘, 안일과 쾌락에서
남은 것이라곤 우수뿐…….

「……에게」

9 나태한 젊은이를 협박하지 마시게.
나 때 이른 죽음 원치 않아.
사랑의 월계관 쓰고 아무 생각 하지 않으며
불평 없이 무덤의 안식처 향해 나 걸어가네.
난 조금 살았고, 즐거움도 조금 누렸는데…….
그러나 때론 기쁨의 꽃을 뽑기도 했다
난 그저 인생의 시작 보았을 뿐.

「나태한 젊은이를 협박하지 마시게」

10 처녀들의 눈길과 참나무 숲의 웅웅거림
한밤중 나이팅게일의 노래
존재하는 것들의 모든 인상이
내게 새롭기만 한 시절

고상한 감정과

자유, 명예와 사랑

영감 서린 예술이

세차게 내 피를 끓게 하던 시절

갑자기 희망과 환희의 시간을

우수의 장막이 가리더니

어떤 악한 혼이

은밀하게 날 찾아오기 시작했다.

우리의 조우는 슬픈 것이었다.

그의 미소, 신비로운 시선,

그의 독설은

내 영혼에 차가운 독을 흘려 넣었다.

그는 지치지도 않고 비방하며

신의 섭리를 시험했다.

그는 아름다움을 몽상이라 했고

영감을 경멸했다.

그는 사랑도 자유도 믿지 않았고

인생을 삐딱하게 바라보며

본성이란 본성은 다

좋게 보는 법이 없었다.

「악마」

11 우정이란? 숙취의 가벼운 열기

서슴없이 상처 주는 대화

허영의 맞교환, 심심풀이

아니면 비호庇護라는 이름의 치욕.

「우정」

12   일시적인 그의 행복을 방해하는 건 어리석은 일.

나 아니어도 알 때가 올 터.

그때까지만이라도

세상은 완벽하다 믿으며 살게 하자.

젊음의 열기, 젊음의 헛소리는

청춘의 열병이니 다 용서해주자.

『예브게니 오네긴』

13   소박한 지붕 밑에서

자넨 험악한 히포크라테스도

얼굴 찌푸린 사제도

나 몰라라

문지방으로 몰려드는 잔걱정도

안 보이는군.

유쾌함과 에로스 신이

자네에게 가는 길을 찾은 걸세.

자네는 잔 부딪는 소리

자욱한 담배 연기를 좋아하지

시 쓰는 애송이들의 악마는
자네를 감히 넘보지 못한다네.
자넨 이런 삶에서 행복 누리지.
말해보게, 내가 자네에게
뭘 더 빌어줄 수 있을까?

입을 닫겠네…….
내가 친구들과
하얗게 센 머리로
백 번째 봄을 맞게 해주기를
시로 말하겠네
여기 술병이 있어, 따르게나!
즐겁다! 무덤까지 함께 갈
우리의 진실한 동지
우리 둘 다 가득 찬 술잔을
부딪치며 죽기를!

「푸신에게, 5월 4일」

14 미칠 듯한 사랑의 고통은
슬픔에 목마른 앳된 영혼을
쉬지 않고 괴롭혔다.
아니, 가엾은 타티야나는 더더욱
기쁨 없는 열정으로 타오른다.

잠은 그녀의 침대에서 달아났고
건강도, 생의 꽃송이와 달콤함도
미소도, 처녀의 침착함도
전부 다 의미 없는 소리처럼 사라지고
사랑스러운 타냐의 젊음은 빛이 바랜다.
날이 밝자마자
폭풍의 어둠이 휘감아버리듯.

『예브게니 오네긴』

15 반면 불타는 청춘은
아무것도 숨기지 못한다.
적의, 사랑, 슬픔과 기쁨을
청춘은 언제라도 쏟아낼 기세.
예브게니는 바로 알아챘다
우리에겐 오래전부터 익숙한
감정이 넘쳐나는 이야기
시인의 풋내 나는 연애담을.

『예브게니 오네긴』

16 렌스키는 사랑받고 있었다……. 적어도
그렇게 생각했고, 행복에 겨웠다.
하룻밤 머물 곳을 찾은 취객처럼
혹은 더 살살 표현하자면

봄꽃의 꿀을 먹는 나비처럼

차가운 지성을 잠재우고

가슴속 희열에 머무르는 자여,

제 신념에 충직한 자여, 그대는 백배나 더 복되도다.

하지만 모든 걸 예상하고 있기에

멀쩡한 정신으로

모든 행동, 모든 말을

알아서 번역해 증오하고

가슴은 경험으로 차갑게 식어

자아를 풀어놓지 못하는 자 가엾도다!

『예브게니 오네긴』

17 나 다른 욕망의 목소리를 알았고

새로운 슬픔 알게 되었으니

새로운 욕망엔 나 기대감이 없고

예전의 슬픔은 안타까울 뿐이다.

꿈이여, 꿈이여! 그대의 감미로움은 어디에?

영원한 각운인 '젊음'은 어디에?

정녕 젊음의 화관은 정말로

시들었단 말인가? 시들었던가?

(지금까지는 농담으로 해왔던 말인데)

정녕 정말이지 진짜로

엘레지 근처에도 가보지 못한 채

내 인생의 봄날은 날아가버린 건가?

정녕 되돌릴 순 없단 말인가?

정녕 내가 서른 살이 된단 말인가?

그래, 내 인생 반나절이 지났음을

인정하련다, 나도 아는 사실.

그러자, 다정하게 작별하자.

내 경박한 청춘이여!

그대가 준 기쁨

슬픔, 기분 좋은 고통

소음, 난동, 술자리들

그 모든 것, 그대가 선사한 모든 것에

나 감사를 표한다. 너로 인해

불안할 때에도 고요할 때에도

나는 즐겁기만 했다…… 차고도 넘칠 만큼.

충분해! 나 이제 맑은 정신으로

지난 삶에서 벗어나

새로운 여정을 밟아보련다.

『예브게니 오네긴』

18   어째서 예브게니에 대해

그토록 악평을 하시는지?

우리가 안달복달하며

모든 것을 판단하기 때문인지

불같은 영혼이 함부로

시답잖은 자존심을

모욕하고 우스워하기 때문인지

자유를 사랑하는 정신이 비좁아진 때문인지.

우리가 너무 자주 그리고 기꺼이

잡담을 진지하게 받아들이기 때문인가.

아둔함은 경솔하고 심술궂기 때문인가

중요한 사람에겐 헛소리도 중요하기 때문인가

평균치만이 유일하게

우리에게 익숙하고 버겁지 않기 때문인가?

젊어서 젊었던 자 복이 있나니

제때에 철든 자

인생의 서늘함을 세월 따라

서서히 견딜 줄 알게 된 자.

희한한 공상에 한눈팔지 않았던 자

사교계 군상을 외면하지 않았던 자

스무 살엔 멋쟁이 아니면 호남아였다

서른 살엔 부잣집에 장가든 자

쉰 살엔 개인 빚이나

여타 채무 관계에서 해방된 자

명예, 재물, 지위를

순조롭게 차례로 거머쥔 자

○○는 훌륭한 사람이란 말을

평생 들어온 자, 복이 있나니.

그러나 우리에게 젊음은

헛되이 주어졌음을

우리는 시시각각 젊음을 배반하고

젊음은 우리를 기만했음을,

지고한 염원들과 파릇한 꿈들이

늦가을 젖은 낙엽처럼

순서대로 줄지어 재빠르게

썩어갔음을 생각하면 슬프다.

눈앞에 일렬로 길게 늘어선

밥을 축낼 날들을 바라본다는 것

인생을 의례로 생각해

의견도 열정도 나누지 않으면서

격식 차린 무리를 뒤따라간다는 건

견디기 어렵다.

『예브게니 오네긴』

19 어쩐 일이람? 이상한 꿈이라도 꾸는 걸까?

그의 차갑고 나태한 영혼

깊은 곳을 휘저어놓은 게 뭘까?

오기? 허영? 아니면 또다시

청춘의 관심사인 사랑?

『예브게니 오네긴』

20 그들은 어울렸다. 파도와 바위

시와 산문, 얼음과 불꽃도

그 둘만큼은 다르지 않을 터.

처음엔 너무 달라서

서로가 지루해하더니

그다음엔 죽이 맞았다. 그다음엔

매일같이 말을 타고 다니며

곧 떨어질 수 없는 사이가 되었다.

사람들은(나부터도 그러하다) 그렇게

'딱히 할 일이 없어' 친구가 된다.

하지만 그런 우정조차 우리에겐 없으니.

온갖 편견 근절한답시고

우리는 다른 사람들은 모두 다 제로로

나 자신만 유일한 척도로 여기는 것이다.

『예브게니 오네긴』

21 나 당신을 사랑했습니다 그 사랑이 아직은, 어쩌면

내 마음속에서 완전히 다 타지는 않은 것 같습니다.

하나 내 사랑이 당신을 부담스럽게 하지 않기를

무엇으로도 당신을 슬프게 하고 싶지 않습니다.

나 당신을 사랑했습니다 말없이 속절없이

때론 수줍게 때론 질투로 애태우며

나 당신을 사랑했습니다 진정 애틋하게

다른 이가 당신을 그토록 사랑하기만을 바랄 만큼.

「나 당신을 사랑했습니다」

22 독신남 생활의 유익과 결혼 반대론에 대해 자네가 할
수 있는 모든 말들은 이미 내가 다 고민해본 것일세.
내가 선택한 상황의 이익과 불이익을 냉정하게
저울에 달아보았네. 내 청춘은 소란스럽고 무익하게
지나갔네. 지금까지도 나는 평범한 사람들과는 다르게
살고 있지. 행복은 내게 없었네. '행복은 모두가 밟고
지나간 길에 있다(Il n'est de bonheur que dans les voies
communes).' 나는 서른이 넘었어. 사람들은 보통 서른에
결혼을 해. 나도 사람들처럼 처신하는 거고 이 점에
대해 후회하지는 않을 터. 게다가 나는 넋이 나가거나,
어린애같이 반해서 결혼하는 게 아닐세. 내 앞날에서
장미 꽃다발이 아니라 엄중한 민낯을 보네. 고생이 날
놀래진 않을 걸세. 고생은 내 가계부에 기입되어 있어.
기쁜 일이 생기는 것도 뜻하지 않은 일이 될 테지.
오늘은 내가 우울(spleen)을 앓고 있어서 슬픈 기분을
자네에게 떠넘기지 않기 위해 편지를 멈추겠네. 자네는
자네 것만으로도 충분하니까.

「크립초프⁴에게 쓴 편지(1831. 2. 10.)」

---

4   니콜라이 이바노비치 크립초프(Nikolay Ivanovich Krivtsov, 1791~1843). 1812
년 나폴레옹전쟁 참전 장교. 푸시킨의 친구이다.

23 뭐라 하든 간에, 기대하지 않고 바라지 않는 사랑은
  계산된 유혹보다 여인의 마음을 더 진실하게
  건드린다.

『표트르대제의 총신』

III

시대의 말

1   괜스레 뭐 하러 시대와 다투랴?
     관습은 사람들 사이에 자리 잡은 폭군.
     『예브게니 오네긴』

2   끔찍한 시대, 끔찍한 마음들!
     『인색한 기사』

3   이런 일이 우리 시대에 일어났었다는 사실과, 내가
     지금의 온화하신 알렉산드르 황제의 치세를 누리며
     살고 있다는 사실을 돌이켜보자니, 계몽의 급속한
     성장과 인간애에 근거한 법령의 확산에 놀라지
     않을 수 없다. 청년들이여! 내 수기가 혹시 그대들
     손에 들어가게 된다면 이 점은 기억해주게. 최선의
     그리고 항구적인 변화는 강제와 폭력으로 얼룩진
     온갖 변혁을 통해서가 아니라 풍속의 개선으로만
     이루어진다는 사실을.
     『대위의 딸』

4   현명한 사람의 첫 번째 특징은 첫눈에 자신이 누구와
     상대하고 있는지를 안다는 거야. 그래서 레페틸로프[1]와

---

1   알렉산드르 세르게예비치 그리보예도프(Alexandr Sergeevich Griboedov,
     1795~1829)의 희곡 『지혜의 슬픔』(1823)에 등장하는 부정적인 인물군의
     하나.

같은 자들 앞에 진주를 던지지 않지.

「베스투제프[2]에게 쓴 편지(1825. 1.)」

5 물질계에서 두 개의 물체가 동시에 같은 장소를
   점유할 수 없는 것과 마찬가지로 정신계에서도 두
   개의 고정관념이 공존할 수 없다.

『스페이드 여왕』

6 교훈적인 경구는 우리가 자기 행동을 정당화할
   마땅한 근거를 생각해내지 못할 때 놀라울 정도로
   유익한 법이다.

『벨킨 이야기』

7 하지만 우리가 그들의 입장이 되어 공정하게
   따져본다면 아마 그들의 존재를 한결 더 관대하게
   평가하게 될 것이다.

『벨킨 이야기』

8 우리의 검열은 너무 변덕스러워서 내 드라마의
   반경을 가늠하는 게 불가능해. 차라리 검열에 대해

---

2 알렉산드르 알렉산드로비치 베스투제프(Alexandr Alexandrovich Bestuzhev,
   1797~1837). 필명은 마를린스키였다. 러시아의 낭만주의 작가. 데카브
   리스트.

생각하지 않는 것이 더 나아. 걸리게 되면 걸리는

거고 손톱으로 망치지나 말았으면 하네.

「뱌젬스키에게 쓴 편지(1823. 11. 4.)」

9 각하의 명에 따라 문집에 실릴 제 시 한 편을

동봉합니다. 물론 검열을 통과한 것입니다.

각하의 허가가 날 때까지 문집 출판을 멈춘

상태입니다.

이 기회에 제 상황을 솔직하게 해명하고자 감히

각하의 허락을 구합니다. 1827년 황제 폐하께서는

폐하 외에는 그 어떤 검열관도 제게는 없을

것이라고 친히 말씀하셨습니다. 이 전례 없는

자비의 말씀으로 폐하께서 제 글을 검토하시도록

제출할 임무가 제게 주어졌습니다. 폐하의

관심을 끌 만한 글이 못 된다면, 적어도 그

주제와 내용이나마 괜찮은 글 말입니다. 언제나

저는 시 같은 사소한 것으로 황제 폐하께 짐을

드리는 것이 괴롭고 양심에 걸렸습니다. 이 시는

제게만 중요한 것으로, 제게는 2만 루블의 수입을

가져다주기 때문이며 이런 필요 하나만으로도 저는

폐하께서 제게 하사하신 권리를 사용하지 않을 수

없었습니다.

현재 각하께서는 제 ……을 존중하셔서 저와

편집인들이 출판하기를 바라는 제 시에 관해 각하께
보고하라고 하셨습니다. 이 점이 여러모로 어려움을
가져올 수 있다고 말씀드리는 것을 허락하여주십시오.
1) 각하는 늘 제가 페테르부르크에 가는 것을
허락하지 않습니다만 책 판매 역시 다른 일과
마찬가지로 정해진 기한과 시장이 있습니다. 따라서
책은 1월이 아니라 3월에 출판되어야 하고, 그렇지
않으면 작가는 수천 루블을 잃어버릴 수도 있으며
편집인은 몇백 명의 정기 구독자를 잃을 수도
있습니다. 2) 저 혼자만 각하께서 좌지우지하는
특별한 검열에 처한 관계로 황제 폐하께서 부여하신
권리에 반하여 모든 작가들 가운데 곤란한 검열에
걸린 것은 저뿐입니다. 이 검열은 아무렇지도 않게
편견을 가지고 저를 바라볼 것이며 곳곳에서 숨겨진
뜻과 암시를 찾아낼 것인바, 곤란한 점은 숨겨진
뜻과 암시를 고발하는 데에는 한계도, 정당성도
없다는 것입니다. '나무'라는 단어에서 헌법을 찾고,
'화살'이란 단어에서 전제정치를 찾는다면 말입니다.
감히 하나의 자비를 구합니다. 향후 저의 사소한
글들은 일반 검열을 받을 권리를 갖고자 합니다.

「벤켄도르프[3]에게 쓴 편지(1827. 1. 3.)(초고)

10 최근 들어 검열은 '성자' 크라숍스키[4]와 비류코프[5]
시절과 마찬가지로 자기 멋대로이고 납득이 되질
않습니다. 욕먹을 만한 글을 허가하고 나서는 겁에
질려 그 뒤로는 어떤 글도 허가하지 않는 것이지요.
「카테닌에게 쓴 편지(1835. 4. 20.)」

11 게릴라전에 대해 자네가 쓴 글이 검열을 통과해서
망가지지 않고 온전하리라 자네는 생각했지. 틀렸어.
그 글은 빨강 잉크를 피할 수 없었네. 맞아,
군 검열관들은 읽었다는 걸 증명하기 위해 온통
밑줄을 그었을 거야.
괴롭네, 할 말이 없어. 검열 하나의 장단도

---

3 알렉산드르 흐리스토포로비치 벤켄도르프(Alexandr Khristoforovich
Benkendorf, 1782~1844). 니콜라이 1세 치하 헌병대의 총사령관이자 악명
높은 '제3부'의 수장. 이 부서는 차르 직속의 비밀경찰 기관으로 1926년
이후 푸시킨의 개인 검열관을 자처했던 차르를 대신하여 검열 및 통제 등
의 실무를 담당했다.

4 알렉산드르 이바노비치 크라숍스키(Alexandr Ivanovich Krasovsky,
17××~1857). 페테르부르크 검열 위원회의 검열관. 동시대의 가장 가혹하
고 불합리한 검열관으로 유명했다.

5 알렉산드르 스테파노비치 비류코프(Alexandr Stepanovich Biryukov,
1772~1844). 페테르부르크 검열 위원회의 검열관. 그의 이름은 융통성 없
고 둔한 검열관을 지칭하는 대명사가 되었다.

맞추기 어려운데 검열 네 개[6]에 시달려야 하니.

겸손할뿐더러 스스로 정부의 기조에 동의하기까지
하는 러시아 작가들이 무슨 죄가 있는지 모르겠어.
하지만 지금처럼 작가들이 억압받은 적은 없었다는
건 알아. 심지어 작고한 황제의 마지막 5년의
통치기에는 크라솝스키와 비류코프 덕분에 모든
문학작품이 필사본으로 만들어졌지.
검열은 국가 소관이야. 검열에서 오프리치니키[7]를
떼어냈어야지. 오프리치니키는 법령이 아니라
그들의 극단적인 이해관계를 따랐었거든.

「데니스 다비도프[8]에게 쓴 편지(1836. 8.)」

12 검열은 내가 쓴 황금 수탉에 관한 동화에서 다음의
    시구를 허가하지 않았다.

---

6   푸시킨이 발행한 잡지 〈동시대인〉은 군사 기관, 종교 기관, 외무부, 왕실
    부서까지 총 네 개의 검열을 거쳐야 했다.
7   이반 뇌제의 공포정치를 대표하는 친위대. 이반 뇌제에게 충성하지 않
    는 자는 고하를 막론하고 처형했으며 각종 잔혹한 처벌 행위로 악명이
    높았다.
8   데니스 바실리예비치 다비도프(Denis Vasil'evich Davydov, 1784~1839). 러시
    아의 군인, 게릴라 전쟁 이론가이자 낭만주의 시인. 나폴레옹전쟁에 참전
    했다.

옆으로 누워서 통치하라

그리고

이 이야기는 순 거짓말이야 하지만
숨은 뜻이 있지
젊은이들에게 주는 교훈이란다.

크라숍스키의 시대가 다시 돌아왔다. 니키티엔코[9]는
비류코프보다 더 멍청하다.

「검열에 관하여」

13 엄격하되 현명하길 바라오.
모든 방해물을 합법적으로 제거하고
생각하는 대로 말하는 대로 모든 걸 안전하게
출판하도록
우리 군주들이 맘대로 하도록 자네에게 허락을
구하지는 않을 터.
자네의 의무에 따른 자네의 권리를 지키게.
그러나 겸허한 진리와 온순한 마음과

---

9   알레산드르 바실리예비치 니키텐코(Alexandr Vasil'evich Nikitenko,
    1805~1877). 페테르부르크 검열 위원회의 검열관.

순진하고 만족스러운 어리석음조차

멋대로 장벽을 세워 길을 막지는 마오.

그리고 만일 자네가 한가한 펜의 결실에서

때로는 위대한 선행을 찾지 못한다면

그 안에서 어리석은 방탕과

제왕과 제단, 적들의 성정이 안 보일 때

그때는 진심으로 작가에게 영광을 빌어주며

벗이여, 손을 흔들며 용감하게 서명을 하시게.

「검열관에게 보내는 두 번째 서한」

14 우선 진실로 고백하자면

나 적잖이 자네 운명을 불쌍히 여긴다오.

세간의 헛소리를 충직하게 해석하는 자, (……)

속죄하기 위해 자넨 때론 엉터리 산문, 때론 엉터리

시를

영원토록 검토해야 할 판이니.

러시아 작가들을 괴롭히는 건 쉽지 않을 터.

영국 소설 프랑스 소설을 슬쩍 베끼거나

땀범벅에 앓는 소리하며 송시를 쓰거나

비극을 써도 웃기게 쓰는 자

이런 치들에겐 관심 없네만. 자넨 읽으며 열받고

하품하면서 졸더라도 골백번 서명은 꼭 해야 하니.

고로 검열관은 순교자, 검열관도 때론

독서로 머리를 식혀야 하건만. 루소와 볼테르, 뷰퐁,

제르자빈, 카람진이 그의 욕구를 매혹하지만

한가하게 숲과 들판이나 노래하는

거짓말쟁이 아무개 씨의 새로운 헛소리에

무익한 집중력을 바쳐야 하니.

맥락을 놓쳐 처음부터 뒤지거나

얇디얇은 잡지에서

천박한 조소와 공허한 거짓말을 보고

심사숙고형 재담가의 공들인 헌물에 밑줄

그어대거나.

하나 검열관도 시민이니 그의 직분 신성하다.

계몽된 올곧은 지성을 갖춰야 하며

제단과 왕좌를 진정 존경하는 데 익숙해져야 하고

자기 생각 주장 않고 이성을 잃지 않는다.

정숙과 예의범절 미풍양속을 준수하고

정해진 규칙 알아서 어기지 않으며

법률을 존중하고 조국을 사랑하여

스스로 책임을 감내할 줄도 알고

유익한 진리에 이르는 길 가로막지 않으며

생생한 시가 활개 치는 것 막지 않는다.

그는 작가의 친구, 고관대작 앞에서 기죽지 않고

사려 깊고 단호하고 자유롭고 공정하다.

그런데 멍텅구리 겁쟁이인 자네는 어쩌자는 건가?
정작 머리를 써야 할 때는 두 눈만 껌벅거리며
작가들을 이해 못 해 밑줄이나 그으며 싸우기나
하니.
풍자는 비방문이요, 시는 방탕의 산물이요
진실의 목소리는 모반이요, 쿠니친[10]은 마라[11]라며
자넨 제멋대로 검은 걸 희다 하는군.
(……)
말해보게, 자네로 인해 여태까지 신성한 루시[12]에서
눈 씻고 찾아봐도 책이 없다는 게 부끄럽지도 않나?
(……)
뭘 두려워하나? 내 말을 믿게
법과 정부 아니면 미풍양속을 비웃는 건 작가의
취미일세.
작가는 자네 처분대로 되지를 않는다네.
자네는 그자를 모르겠지만, 우린 그 이유를 알지.

---

10   알렉산드르 페트로비치 쿠니친(Alenxander Petrovich Kunitsyn, 1783~1840). 푸
      시킨이 다닌 리세의 교수로, 푸시킨을 포함하여 학생들에게 자유주의 사
      상을 불어넣었다.
11   장폴 마라(Jean-Paul Marat, 1743~1793). 프랑스의 혁명가.
12   러시아의 옛 이름.

작가의 원고는 레테강에 빠져 죽지 않고
자네 서명 없이도 세상을 활보하거든.
(……)
멍청이가 검열관이 되는 시대는 지났소…….
마음을 다잡게. 정신 차리고 우리와 화해합시다.
「검열관에게 보내는 서한」

15 미관말직이었던 나는 우편 마차를 이용했고
말 두 필분의 삯을 지불하면 되었다. 그래서
역참지기는 나를 무람없이 대했고, 내 딴에는
당연히 내 권리라고 생각했던 것들도 종종 싸워서
얻어내곤 했다. 젊기도 했거니와 다혈질이었던
나는 역참지기가 내게 할당된 세 필의 말을
고관대작 나리의 마차에 매어줄 때 그의 졸렬함과
소심함에 분통을 터뜨리곤 했다. 또한 고관 지사댁
만찬에서 눈치가 빠한 시종이 나를 쏙 빼놓고
음식을 나르던 것에도 한동안 적응할 수 없었다.
지금에 와서는 이도 저도 다 순리라는 생각이
든다. '세상은 계급순'이라는 모두에게 편리한 법칙
대신, 가령 '세상은 지혜순'과 같은 다른 법칙을
적용한다면 어떤 일이 벌어질까? 별의별 꼴같잖은
말다툼이 벌어질 게 뻔하다! 더구나 하인들은 먼저
누구에게부터 음식 접시를 날라야 한단 말인가?

『벨킨 이야기』

16 겉모습만 보고 던진 농담 몇 마디가 그들만의
고유한 가치를 훼손하지는 못한다. 이를테면 가장
중요한 '성격의 특징', 즉 '개성' 같은 것 말이다. 장
파울[13]은 이것이 없다면 인간존재의 위대함 또한
없다고 말했다. 수도의 여인들은 어쩌면 최상의
교육을 받았겠지만, 사교계의 관습이 곧 그들의
개성을 말끔히 다림질하며 마치 모자처럼 그들의
영혼을 똑같은 모양으로 만들어버린다. 이런 말로
타인을 재단하고 비난하고 싶은 생각은 없으나,
어느 고대의 주석가註釋家가 썼듯이 'Nota nostra
manet(우리의 주석은 유효하다)'인 것이다.

『벨킨 이야기』

17 "잘 가거라, 표트르. 왕실에 충성을 다해야 하느니라.
상관에게 복종하되 칭찬만 받으려고 해서는 안
된다. 근무에만 매달리지 말고 또 그렇다고 해서
근무를 등한시해서도 안 된다. 의복은 새것일
때부터 아끼고 명예는 젊어서부터 지키라는 속담도
있지 않느냐, 이 점 명념하거라."

13　　장 파울(Jean Paul, 1763~1825). 독일 초기 낭만주의를 대표하는 작가.

『대위의 딸』

18 우매한 군중에게 살아 있는 권력은 증오의
대상이다.
그들은 오로지 죽은 자만을 사랑할 줄 알지.

『보리스 고두노프』

19 "내 말을 들어보게나." 푸가초프는 섬뜩한
영감이라도 떠오른 듯이 운을 뗐다. "내 자네에게
어릴 적 칼미크 노파가 들려준 옛날이야기를 하나
해주지. 어느 날 독수리가 까마귀에게 물어보았다네.
'까마귀야, 말해보아라, 너는 이 세상에서 300살까지
사는데 왜 나는 고작 33년밖에 살지 못하는 거냐?'
까마귀가 대답하기를, '나리, 그건 말입죠, 나리는
산 짐승의 피를 마시지만 저는 죽은 짐승의 피를
마시기 때문이랍니다.' 독수리는 잠시 생각하더니
까마귀와 똑같은 걸 먹어보겠다고 했네. 까마귀는
그러자고 했지. 독수리와 까마귀는 함께 날아갔어.
그들은 눈앞에 쓰러진 말을 발견했네. 그러곤
내려가 앉았지. 까마귀는 부리로 쪼아 먹으며
맛있다고 했네. 독수리는 한두 번 쪼아 먹어보더니
날개를 휘저으며 까마귀에게 말했다네. '이봐
까마귀, 죽은 짐승을 먹으며 300년을 사느니,

뒷일이야 어찌 되건 간에 단 한 번이라도 산 짐승의
피를 실컷 마시는 편이 낫겠다.' 칼미크 이야기를
들은 소감이 어떤가?"

"그럴듯하군요." 내가 그에게 대답했다. "그렇지만
살인과 강도 행각을 일삼으며 사는 건 죽은 짐승을
쪼아 먹는 것과 다를 바가 없다는 생각이 듭니다."
푸가초프가 놀랐다는 듯이 나를 빤히 쳐다보더니
더 이상 한마디도 하지 않았다. 우리 둘 다 각자의
상념에 잠겨 입을 다물었다.

『대위의 딸』

20 어딜 가든 족쇄, 도끼 아니면 월계관
    어딜 가든 악당 아니면 비겁한 자
    인간은 어디서건 독재자 아니면 아첨꾼
    혹은 편견을 기꺼이 따르는 노예일 뿐.

「V. F. 라옙스키[14]에게」

21 이보다 더 좋은 권리 내게 소중하고
    이보다 더 좋은 자유 내게 필요하다
    권력의 눈치를 보든 민중의 눈치를 보든

---

14   블라디미르 표도로비치 라옙스키(Vladimir Fyodorovich Raevsky, 1795~1872).
      러시아의 시인이자 군인으로 1825년 데카브리스트 봉기에 가담한 뒤 시
      베리아에서 30년간 유형 생활을 했다.

매한가지 아니던가?

누구의 이해도 구하지 말고

나 자신만을 섬기고 흡족하게 하라

지위 고하를 막론하고

양심과 사상과 목을 굽히지 않고

마음 내키는 대로 이곳저곳 다니며

신이 창조한 자연의 아름다움에 감탄하며

예술과 영감의 창조물 앞에서

감동과 환희로 벅차 전율하니

이것이 행복이다! 이것이 권리다…….

「핀데몬테[15]의 시에서」

22 언제인가부터 우리는 민족성에 대해 말하고,
민족성을 요구하며 우리 문학작품에는 민족성이
없다는 불평이 일상이 되었다. 그러나 정작 그
누구도 민족성이란 단어의 의미를 고려하려 하지는
않는다.

(……)

작가 안의 민족성은 오직 같은 민족만이 온전하게
평가할 수 있는 자질이다. 그것은 다른 민족에게는

---

15   이폴리토 핀데몬테(Ippolito Pindemonte, 1753~1828). 이탈리아의 시인이자
      작가, 번역가.

존재하지 않는 것처럼 보이기도 하며 심지어 결점으로 보이기도 한다.

(……)

기후와 통치 형태, 종교는 개별 민족에게 특별한 개성을 부여하는데 이 개성은 적잖이 시詩의 거울에 반영되어 있다. 사고와 감정의 형태, 후진적인 풍습도 있고 어떤 민족에게만 속한 습속이란 것도 있다.

「문학에서의 민족성에 관하여」

23   제 비극은 전적으로 진실하며, 양심을 걸건대 제가 본질적이라고 생각하는 부분을 삭제할 수 없습니다. 제가 반대하는 점에 대해 귀하께서 자비를 베푸시길 간청합니다. 이같은 시인의 저항이 우습게 보일 수 있다는 점을 이해하고 있습니다. 그러나 지금껏 저는 가장 높으신 분의 뜻에 저의 말없는 제물을 바치는 것을 제 행복으로 생각해왔습니다. 그러나 작금의 상황으로 인해 귀하께 허락을 구하건대, 제 손을 풀어주셔서 제가 필요하다고 생각하는 바로 그 형태로 비극을 출판할 수 있기를 요청드립니다.

「벤켄도르프에게 쓴 편지(1830. 4. 16.)」

24   정부와 제 관계는 봄 날씨 같습니다. 비가 오는가

싶더니 햇빛이 나지요. 지금은 먹구름이 꼈습니다.

「곤차로프[16]에게 쓴 편지(1830. 9. 9)」

25 체벌은 반드시 없애야 한다. (……) 지나치게 잔인한
교육은 학생들을 지도자가 아닌 형리로 만든다.

「국민교육에 관하여」

26 역사교육의 첫해에는 여하한의 도덕적, 정치적 판단
없이 일어난 사건을 시대순으로, 그 뼈대만 이야기
형식으로 전달해야 한다. 뭐 하러 아이들의 머리에
치우친, 그것도 언제나 무너지기 쉬운 하나의
경향을 제시한다는 말인가? 그러나 최종 학기에
역사교육(특히 현대사)은 완전히 그 성격이 바뀌어야
한다. 냉정하게 각국 민족성의 차이 및 각 국가의
필요와 요구의 원천이 상이함을 보여줄 수 있을
것이다. 공화주의 사상을 교묘하게 왜곡하지 않으며
2천 년 전 일어난 카이사르의 살해를 욕되게 하지
않되 브루투스를 조국의 근본 질서의 수호자이자
복수자로 제시하고 카이사르는 야심에 찬 반란자로
제시해야 한다.

「국민교육에 관하여」

---

16   아파나시 니콜라예비치 곤차로프(Afanasy Nikolaevich Goncharov,
      1760~1832). 푸시킨의 아내 나탈리아의 할아버지.

27 민중은 평범한 인물을 보듯 차르의 얼굴에
    익숙해져서는 안 된다. 반드시 경찰만 광장의 소요
    사태에 개입해 처벌해야 하며 차르의 목소리는
    총탄으로도, 채찍으로도 위협해서는 안 된다.
    차르는 개인적으로 민중과 가까워져서는 안 된다.
    얼마 되지 않아 군중은 신비한 권력을 두려워하지
    않게 될 테고 군주와 자기의 관계를 떠벌리기
    시작할 것이다. 얼마 지나지 않아 군중은 폭동을
    일으킬 때마다 마치 꼭 필요한 의례처럼 차르의
    출현을 요구할 것이다. 지금까지는 언변이 있는
    군주 혼자서 말했다. 그러나 운집한 군중 가운데
    반대하는 목소리를 듣게 될 수도 있다. 이런 대화는
    볼썽사나운 것이며 광장의 논쟁은 즉시 굶주린
    짐승의 고함과 울부짖음으로 변하고 만다. 러시아는
    그 넓이가 1만 2천 베르스타에 이른다. 군주가
    폭동이 일어날 만한 모든 지역에 갈 수는 없다.
    (……)
    콜레라는 역병과 같이 전염된다고 간주되었기에
    격리는 지금까지 필요악이었다. 하지만 얼마
    되지 않아 콜레라가 공기로 전염된다는 걸 알게
    되었으니 격리는 당장 해제되어야 한다. 열여섯
    개 행정구역을 갑자기 다 봉쇄할 수는 없으며
    격리는 충분한 봉쇄선과 군사력으로 보강되지 않는

이상, 그저 억압의 수단일 뿐이며 공공의 불만을
야기하는 원인일 뿐이다. 터키인이 격리보다 역병을
더 선호했던 것을 기억하라. 작년에 격리로 인해
모든 공장이 멈추었고 마찻길이 막혔으며 노동자와
마부들은 가난해졌고 농민과 지주들의 수입이 끊겨
열여섯 개 구역이 전부 다 폭동을 일으킬 뻔했다.
남용은 검역 규정과 분리할 수 없으며, 이는 검역에
사용되는 사람이나 국민이 이해하지 못한다. 검역을
해제해보라, 그러면 민중은 전염병의 존재를
부정하지 않고 보호조치를 취하고 의사와 정부에
의지할 것이다. 그러나 격리가 시행되는 한, 작은
악이 큰 악보다 선호될 것이며 사람들은 알 수 없는
질병과 독에 가까운 징후보다 식량 공급, 위협적인
빈곤과 기아에 대해 더 걱정할 것이다.

「일기(1831. 7. 26.)」

28 밖은 위험하다. 수흐텔른은 궁전 광장에서 공격을
받고 강도를 당했다. 경찰은 도둑을 잡거나 도개교를
지키는 게 아니라 아마도 정치하느라 바쁜 것 같다.
블루도프도 지난밤에 도둑맞았다.

「일기(1833. 12. 17.)」

29 진정한 취향은 어떤 단어나 어떤 표현을

무의식적으로 거부하는 데 있지 않으며 절제와
절도의 감각에 있다.

「편지 발췌문, 사유와 단상」

30 우리가 냉정하고 조심성 있고 신중할수록
조롱당하는 상황에 덜 처하게 된다. 에고이즘은
혐오스러울망정 우습지는 않은데 왜냐하면
에고이즘은 탁월한 분별력을 지녔기 때문이다.
그러나 자기 자신을 너무도 부드럽게 사랑하고 자기
재능에 너무나 환호하며 경탄하고 자기 행운은
너무도 감동적으로 생각하며 자기 불운은 너무도
고통스럽게 생각하는 사람들이 있는데 이들의
에고이즘은 열정과 예민한 감수성의 우스운 측면을
전부 다 가지고 있다.

「편지 발췌문, 사유와 단상」

31 예민함이 지성까지도 증명해주지는 않는다.
어리석은 자와 심지어 광인조차 놀랄 만큼 예민하게
굴기도 한다. 예민함은 천재와 드물게 결합한다는
말을 덧붙일 수 있을 텐데, 이때 천재란 평범하고
순박하며 위대한 성격의 소유자로서, 언제나
솔직하다.

「편지 발췌문, 사유와 단상」

32 모든 것이 이미 다 말해졌다면 여러분은 왜 쓰시는
겁니까? 단순하게 말해진 것을 아름답게 말하기
위해서입니까? 비참한 일입니다! 아뇨, 인간의
이성을 욕하지 맙시다. 언어가 단어를 생각해
내는 데 있어 끝이 없는 것처럼 이성은 개념을
생각해내는 데 있어 끝이 없습니다.
「편지 발췌문, 사유와 단상」(초고)

33 내 숙부님이 어느 날 몸져누우셨다. 친구분이
찾아오셨다. 숙부님이 말씀하셨다. "지루하다네,
쓰고는 싶은데 뭘 써야 할지 모르겠어." 친구분이
대답하셨다. "생각나는 대로 다 써보게. 상념들,
문학비평이나 정치시평, 풍자적 초상 뭐 이런
것들. 이건 무지 쉽다네. 세네카와 몽테뉴가 이렇게
썼거든." 친구분은 가셨고 숙부님은 그의 충고를
따르셨다. 아침마다 맛없는 커피를 가져다주자
숙부님은 화가 나셨고 이제 무위가 그를 슬프게
한다는 점에 대해 철학적으로 숙고하며 다음과 같이
쓰셨다. "진정한 무위는 때때로 우리를 슬프게 한다."
바로 그때 나는 숙부님에게 신문을 가져다주었고
숙부님은 신문을 들여다보다가 낭만주의의
기사騎士가 쓴 드라마에 관한 글을 발견하셨다.
뼛속까지 고전주의자이신 숙부님은 잠시 생각하다

쓰셨다. "나는 최신 비평이 외쳐 대는 소리에도
불구하고 셰익스피어와 칼데론보다 라신느와
몰리에르를 더 좋아한다." 숙부님은 이 비슷한
생각 두어 개에 대해 한 다스만큼 쓰시고는 침대에
누우셨다. 다음 날 숙부님은 그것들을 편집인에게
보내셨고 그는 숙부님에게 감사를 표했으며
내 숙부님은 인쇄본으로 자기 생각을 읽으며
흡족해하셨다.

「편지 발췌문, 사유와 단상」(초고)

34 최상의 용기란 것이 있다. 방대한 계획을 창조적
사고로 포착하는 자리에 있는 발명과 창조의 용기.
셰익스피어, 단테, 밀턴의 용기가 그러하며 괴테의
『파우스트』, 몰리에르의 『타르튜프』에도 있다.

「편지 발췌문, 사유와 단상」(초고)

35 작가는 문법의 족쇄에도 불구하고 언어를
자유자재로 다루어야 한다. 마찬가지로 작가는
규칙이 만든 난처한 상황에도 불구하고 반드시
자기의 대상을 완벽하게 다루어야 한다.

「〈모스크바 통보〉 ○○○ 편집자에게 쓰다」

36 비평은 명백한 가치를 가진 작품을 다루어야

한다고들 말하지만 나는 그렇게 생각하지 않는다.
어떤 작품은 그 자체로는 보잘것없지만 대성공할
수도 있고 큰 영향을 끼칠 수도 있다. 그리고 이
같은 점에서 풍속을 관찰하는 일이 문학적 관찰보다
더 중요하다.

「저널의 비평에 관하여」

37 명성이 높고 신성시되는 이름에 대한 존경심은
비열함(누군가 이렇게 용감하게 책에 썼듯)이 아니라
교양 있는 지성의 첫 번째 징표다.

「니콜라이 폴레보이[17]의 『러시아 민중사』에 관하여」

38 좋은 공동체는 상류층에 존재하는 것이 아니라
정직하고 현명하고 교양 있는 사람들이 있는 곳이면
어디든 존재한다.

「『유리 밀로슬랍스키 혹은 1612년의 러시아인들』[18]에 관하여」

---

17 니콜라이 알렉세예비치 폴레보이(Nikolai Alexeevich Polevoy, 1796~1846). 러시아의 작가, 역사학자, 언론인이자 비평가. 그가 발간한 〈모스크바 통보〉는 영향력이 매우 컸다.

18 미하일 니콜라예비치 자고스킨(Mikhail Nikolayevich Zagoskin, 1789~1852)의 역사소설로, 월터 스콧의 역사소설을 러시아에 최초로 도입해 러시아 독자들 사이에서 엄청난 대중적 인기를 누렸다.

39 야만스러움, 비열함, 무지함은 오직 현재 앞에서만
넙죽 엎드리며 과거를 존중하지 않는다.

「비평에 반박하다」

40 누구로부터 발원한 것이건 간에 반론 없이 그대로
두어서는 안 되는 비난이 있다.

「몇몇 비문학적 비난을 반영한 에세이」

41 시절이 슬프기만 합니다. 페테르부르크엔 전염병이
창궐하고 있습니다. 민중은 몇 차례 폭동을
일으켰고 말도 안 되는 소문이 돌고 있습니다.
의사가 사람들에게 독약을 먹였다는 겁니다. 의사
둘이 성난 군중의 손에 죽었습니다.

「오시포바 부인에게 쓴 편지(1831. 6. 29.)」

42 1년 전쯤 우리 신문에 풍자 기사가 하나 났습니다.
귀족 출신이라고 주장하지만 귀족사회에서는
그저 소시민에 불과한 어떤 문학가를 다루었지요.
거기에다 그자의 어머니는 혼혈이고, 부친은 어떤
선원이 럼주 한 병으로 산 가난한 흑인이라는 것도
덧붙였더군요. 표트르대제와 술 취한 선원은 닮은
데가 하나도 없지만 그 문학가가 저를 가리키고
있음은 충분히 명확합니다. 왜냐하면 러시아

문학가들 가운데 저 혼자만 흑인 혈통을 가졌기
때문입니다. 상기 언급한 기사는 어엿한 신문에
실렸는데, 순전히 문학적 성격을 지녀야 하는
펠리에통[19]에서 제 어머니에 대한 일을 다룬 것은
그 도가 지나치다고 봅니다. 게다가 저널리스트들은
결투를 하지 않는 관계로 저는 '익명의' 풍자가에게
답을 하는 것이 제 의무라고 생각했습니다. 그래서
시로 매우 대담하게 응했습니다. 저는 고인이
된 델비크에게 제 답변을 그가 발행하는 신문에
실어달라고 부탁하며 보냈습니다. 델비크는 제게
그 시를 신지 않는 게 좋겠다고 충고했습니다.
유사한 공격에 펜으로 응대하면 우스워 보일
거라고 지적했습니다. 또, 사실대로 말하자면, 귀족
사회에 속한 소시민이 아니라면 소시민 사회에서
자신의 귀족적 감정을 드러내놓고 보여주는 것이
우스워 보일 거라고도 했습니다. 저는 철회했고
이로써 일은 마무리되었습니다. 그러나 제 답변이
필사본으로 몇몇의 손에 전달되었는데 저는 이에
대해 유감이 없으므로 한 단어도 제 것이 아니라고
부인하지 않습니다. 고백건대 저는 편견이라 불리는

---

19   소설이나 가십 등이 실리던 신문의 한 코너. 주로 정치보다는 동시대의
      생활상을 담은 이야기들을 다루었다.

것을 소중하게 여깁니다. 저는 그 어떤 사람보다도 좋은 귀족이 되는 것을 소중히 여깁니다. 그것이 제게 별로 유익하지 않더라도 말입니다. 끝으로, 저는 제 조상의 이름을, 그분들이 제게 남겨준 이 유일한 유산을 무척이나 소중히 여깁니다.

「벤켄도르프에게 쓴 편지(1831. 11. 24.)」

43 그저께 나는 시종보에 임명되었다(내 나이와는 상당히 어울리지 않는다). 궁정은 나탈리야 니콜라예브나가 아니치코프[20]에서 춤추기를 원했다. 이렇게 나는 러시아의 당조[21]가 되는 거다.

(……)

사람들은 내가 시종보라는 직책에 만족하는지 물어본다. 만족한다, 왜냐하면 군주는 나를 우습게 만들려고 한 것이 아니라 나를 돋보이게 하려는 의도를 가졌기 때문이다. 설령 내가 왕실 시동侍童이 된다 해도 프랑스어와 산수만 배우라고 하지 않으면 된다.

---

20   페테르부르크에 위치한 옛 황궁. 근처에 있는 아니치코프 다리에서 이름을 따왔다.

21   필리프 드 쿠르시용, 마르키즈 드 당조(Philippe de Courcillon, Marquis de Dangeau, 1638~1720). 루이 14세 통치 말엽 왕실의 사소한 기록을 담당한 프랑스의 작가.

「일기(1834. 1. 1.)」

44 군주는 내가 시종보 자리에 감동하지도 감사하지도
않아서 못마땅했다. 하지만 나는 신민臣民이 될 수
있으며 심지어 노예가 될 수도 있지만 하늘 황제
앞에서조차 종노릇과 광대 짓은 하지 않겠다.

「일기(1834. 5. 10.)」

45 며칠 전 퇴직 허가를 요청하고자 각하를 찾아뵐
영광을 가졌습니다. 이런 행동이 품위 없지만
간절히 요청하오니 벤켄도르프 백작, 부디 저의
청원을 무시하지 말아주십시오. 품위 있는 사람이
되느니 차라리 저는 경박한 사람이 되겠습니다.

「벤켄도르프에게 쓴 편지(1834. 7. 3.)」

46 내일 궁에 출입해야 한다. 나는 제복이 없다. 절대로
열여덟 살짜리 애송이들인 내 동료 시종보들과
한자리에 나타나지 않겠다. 차르는 화를 내겠지,
그러면 난 어떻게 한다? 악담을 퍼부으라 하지.

「일기(1834. 12. 5.)」

47 각하께 번번이 폐 끼치게 되어 죄송하지만 언제나
제게 보여주신 각하의 관용과 관심이 제 무례함을

용인해주시겠지요.

저는 재산이 없습니다. 저도 아내도 받아야 할 몫을 아직까지 받지 못한 상황입니다. 저는 여태껏 오직 제 글로만 살아가고 있습니다. 제 고정 수입은 황제 폐하께서 제게 허락하신 직책에서 나오는 봉급입니다. 물론, 빵을 위한 노동은 전혀 모욕적이지 않습니다. 그렇지만 독립적인 삶에 익숙한 저는 오직 돈을 위해 글을 쓰는 법을 알지 못합니다. 그리고 이 생각 하나만으로도 저는 완전히 무력감에 빠집니다. 페테르부르크의 삶은 끔찍이도 비쌉니다. 지금까지는 필수적인 지출에 비교적 무심할 수 있었습니다. 왜냐하면 정치·문학신문 사업은 순전히 상업적인 일로써 제게 3만에서 4만 루블의 수입을 가져다주었기 때문입니다. 그런데 저는 이 사업에 진절머리가 납니다. 그래서 저는 이 일을 그저 최후의 수단으로 삼을 생각입니다.

제게 빚더미를 안길 지출, 그러니까 제 앞날에 근심과 수고와, 어쩌면 빈곤과 절망까지도 가져다줄 수 있는 지출을 근절해야 할 필요를 최근 들어 느끼고 있습니다. 3~4년간 시골에서 고립된 생활을 하고 나면 페테르부르크로 돌아와 폐하의 자비에 빚진 작업을 새롭게 시작할 수 있을 것입니다. 페테르부르크를 떠나려는 제 바람에 뭔가 다른

동기가 있다고 폐하께서 의심하신다면, 폐하의
은총을 넘치게 받은 저로서는 절망적입니다.
눈곱만큼의 불만족이나 의심만으로도 저를 지금
처한 상황에 붙들어놓기 충분합니다. 군주가 아니라
저의 은인이신 분이 의무나 정의를 따르지 않고,
고귀하고 관대하신 자비에서 우러나온 자유로운
감정에 따라서 판단하신다면 저는 실총하느니보다
좌절하는 편이 낫겠습니다.

「벤켄도르프에게 쓴 편지(1835. 6. 1.)」

48 당신의 생각들에 대해 저로서는 전부 다 동의하기
어렵습니다. 교회의 분열이 우리를 유럽으로부터
떼어놓았고, 우리가 유럽을 뒤흔든 위대한 사건에
참여하지 않았다는 것은 의심의 여지가 없지만
우리에게는 우리만의 특별한 소명이 있었습니다.
몽골의 침략을 집어삼킨 것은 바로 러시아의
광활한 영토였습니다. 타타르는 감히 서쪽 국경을
넘지 못했고 우리는 후방이 되었지요. 그들은
자신들의 사막으로 철수했고 기독교 문명은 구원을
받았습니다. 이 목적을 달성하기 위해 우리는
매우 특별한 존재가 되어야 했고, 따라서 우리는
기독교인으로 남았지만 그럼에도 기독교 세계와
완전히 이질적인 존재가 되고 말았지요. 가톨릭

유럽의 활기찬 발전도 우리의 순교 덕에 그 어떤
방해도 받지 않고 이루어졌던 것입니다. 우리가
기독교를 받아들인 그 원천이 순결하지 않다고,
비잔티움은 경멸받아 마땅하고 혐오스럽다는
등 말하였죠. 아, 벗이여, 예수그리스도 본인도
유대인으로 나셨고 예루살렘은 이방인들에게
우화가 아니었던가요? 그렇다고 해서 복음이
놀랍지 않은 건가요? 우리는 그리스인에게서
복음은 가져왔으나 사소하고 유치한 디테일이나
미사여구는 가져오지 않았습니다. 비잔티움의
성정은 키예프의 성정과 전혀 달랐습니다.
(······) 보잘것없는 조국의 역사에 대한 당신의
견해에는 전적으로 동의할 수 없습니다. 올레크와
스뱌토슬라프의 전투, 심지어 고대 루시
공후들의 내분은 러시아 역사의 청년기에 걸맞은
것이었습니다. 거품이 부글부글 끓으며 발효가
일어나고, 이유 없이 치고받는 활력이 가득 찬
청년기의 삶과 같았던 것이 아닌가요? 몽골의
침략은 슬프고도 장대한 광경입니다. 러시아의 각성
및 그 권력의 발전, 통일을 향한 움직임(물론 러시아의
통일이지요), 우글리치에서 시작해 이파티예프
수도원에서 끝난, 두 명의 이반이 빚어낸 웅대한
드라마가 과연 역사가 아니라, 그저 반쯤 잊힌

창백한 꿈에 불과하단 말입니까? 홀로 온전한
역사를 이룬 표트르는 어떻고요? 러시아를 유럽의
문턱에 올려놓은 예카테리나 2세는? 당신을 파리로
이끌었던 알렉산드르는? 그리고 작금의 러시아
상황에서 뭔가 의미심장한 것, 미래의 역사가를
놀라게 할 만한 뭔가를 (가슴에 손을 얹고) 찾을 수
없다는 말인가요? 당신은 미래의 역사가가 우리를
유럽 바깥에 세워놓을 거라고 생각한다는 겁니까?
개인적으로 군주에게 충심으로 속해 있지만 저라고
해서 제 주변에서 일어나는 모든 일에 환호하는 것은
결코 아닙니다. 문학가로서 화도 나고 편견덩어리인
인간으로서 모욕을 듣기도 하나, 명예를 걸고
맹세하건대 저는 제 조국을 그 무엇과도 바꾸지 않을
것이며, 신이 우리에게 부여한 선조들의 역사 외에
다른 역사를 갖고 싶지 않습니다.
당신은 현대사회가 비열하고도 어리석다고, 또
여론이란 것이 부재한다며 생활에 필요치 않은
의무와 정의, 권리와 진리에 대해 무관심하다고
말씀하였지요. 그 말씀은 사유와 인간의 존엄에
대한 냉소적인 경멸입니다.

「차다예프[22]에게 쓴 편지(1836. 10. 19.)」

49 과거라면 모조리 무례하게 경멸하기, 동시대
앞에서는 바보처럼 경탄하기, 새로운 것이라면
무턱대고 좋아하기, 전부 다 두서없이 익힌
개별적이고 피상적인 지식들, 바로 이런 것들이
우리가 라디셰프 안에서 보는 것이다. 그는 자신의
고약한 독설로 최고 권력의 성질을 돋우려고
애쓰는 것 같은데 그보다는 최고 권력이 받아들일
만한 이점을 지적하는 편이 더 낫지 않을까? 그는
지주들의 권력이 명백한 무법인 듯 비난하는데
그보다는 정부 부처와 현명한 지주들에게 농민들의
상황을 점진적으로 개선하는 방법을 제안하는 편이
더 낫지 않을까?
그는 검열에 대해 화를 내는데 그보다는 검열관이
지켜야만 하는 규칙들에 대해 설명하는 편이 더
낫지 않을까? 한편으로는 작가 계급이 억압받지
않도록, 그리고 신의 성스러운 선물인 생각이
무의미하고 변덕스러운 압제의 노예나 희생양이

22　표트르 야코블레비치 차다예프(Pyotr Yakovlevich Chaadaev, 1794~1856). 러시
아의 종교사상가로 젊은 시절 푸시킨의 사상적 멘토이자 정신적 지주였
다. 1836년 발표한 그의 저서 『철학 서한』은 러시아 사상사의 핵심 논점
인 서구주의와 슬라브주의의 논쟁을 촉발한 기념비적 작품이다.

되지 않도록, 다른 한편으로는 작가가 그와 같은
신의 무기를 저급하거나 죄가 되는 목적을 위해
사용하지 않도록 말이다.

「알렉산드르 라디셰프에 관하여」

50 우리 나라의 문학비평은 보잘것없다. 왜? 비평은
오직 상식만을 필요로 하는 것이 아니라 사랑과
학문을 필요로 하기 때문이다.

「S.P. 셰비료프[23]의 시사詩史」

---

23   스테판 페트로비치 셰비료프(Stepan Petrovich Shevyryov, 1806~1864). 시인,
비평가이자 언어학자로 러시아 민족성을 강조하며 자국 문화의 독자성을
옹호했다. 슬라브주의자로 러시아어와 문학에 대해 보수주의적 입장을
고수했다.

IV

읽고 쓰는 일

1   작가 계급은 알피에리[1]가 지적했듯 행동하는
     쪽보다는 사유하는 쪽에 가깝지.

「델비크에게(1826. 2.)」

2   쌀쌀맞은 군중은 떠돌이 광대를 보듯
     시인을 경멸한다
     만일 그가 마음속 힘겨운 신음소리 심오하게
표현하고
     우울하고 번민에 찬 시구 날카롭게 적중하여
     알 수 없는 힘으로 마음을 때린다면
     군중은 박수 치며 칭송하거나 때로는
     성의 없이 고개를 끄덕인다.
     뜻하지 않은 불안과 상실의 비애,
     추방, 유배가 시인에게 닥치기라도 하면
     예술 애호가들은 말한다. "잘되었다,
     더 잘되었어! 그가 갖게 될 새로운 생각과 감정들
     우리에게 전해줄 테지." 그러나 시인의 행복이
     두려워 떨며 침묵할 때엔 그들은 진심 어린 인사
전하지 않을 터……

「익명의 시인에게 답하노라」

---

1   비토리오 알피에리(Vittorio Alfieri, 1749~1803). 이탈리아의 시인이자 극작
가.

3 작가 안에 있는 일방향성은, 비록 그것이 심오한
사색의 발로라 하더라도 정신의 일방향성을
증명하는 것이다.

두 종류의 무의미가 있다. 하나는 감정과 사고의
부족함이 언어로 대체된 데에서 비롯한다. 다른
하나는 감정과 사고는 충만하나 그것을 표현하기
위한 언어의 부족에서 비롯한다.

「편지 발췌문, 사유와 단상」

4 완벽한 소네트 한 편이 기나긴 서사시보다 더 낫다.

「편지 발췌문, 사유와 단상」

5 작가는 자기 이야기를 서두르지 않고, 세부 묘사를
위해 멈춰 서기도 하고 한눈을 팔기도 하지만
독자를 결코 지루하게 하지는 않는다. 대화(서민적인
대화는 어디서든 생생하고 드라마틱하다)는 작가가 자기
일에서 대가임을 드러낸다.

「『유리 밀로슬랍스키 혹은 1612년의 러시아인들』에 관하여」

6 문체에 관해 말하자면 단순할수록 좋습니다. 중요한
것은 진실과 진정성입니다. 묘사 대상이 그 자체로
흥미로워서 그 어떤 장식도 필요하지 않습니다.

심지어 이런 장식은 그 대상에 해를 끼칩니다.

「두로프[2]에게 쓴 편지(1835. 6. 16.)」

7   나는 매일 일기를 써보려고 몇 번이나 시도했지만
언제나 게으름 때문에 포기해야 했다. 1821년에
자서전을 쓰기 시작해 몇 년간 계속 작업했다.
하지만 1825년 말의 불행한 모반謀反으로 인해 쓰던
글을 모조리 불태울 수밖에 없었다. 그 노트가 많은
사람들을 연루시킬 수도 있고 희생자 수를 갑절로
늘릴 수도 있었다. 자서전을 잃어버린 게 아깝지
않은 건 아니다. 나는 그 안에 나중에 역사적 인물이
된 자들에 대해 썼는데 나는 그들과 진솔하게
우정을 나누기도 했고 잠시 스쳐 지나가기도 했다.
지금은 어떤 위엄이 그들을 둘러싸고 있으며 이것이
내 글과 내 사고방식에 영향을 끼칠 수도 있을
것이다.
대신 내가 증언하는 데 있어 더 신중할 터이니,
기록이 덜 생생할수록 신빙성은 더욱 높아진다.

「미완의 자서전 원고」

---

2   바실리 안드레예비치 두로프(Vasily Andreevich Durov, 1799~1860). 1829년
카프카즈 지방에서 만난 전직 대위인 도박꾼. 1835~1836년 그의 여동생
나데즈다 두로바의 회상록을 출판하는 일로 서신을 교환했다.

8 시는 모럴보다 더 위에 있거나, 혹은 적어도 전혀
다른 차원의 것이다. 맙소사! 시인에게 선행이나
악행이 무슨 상관이란 말인가. 그것들도 다 같은
시적 측면 아닌가?

「뱌젬스키가 쓴 오제로프의 리뷰에 관하여」

9 해부가 살인이 아니듯, 인간의 약점과 방황과
열정을 묘사하는 것은 부도덕한 일이 아니다.

「요셉 델로르의 삶과 시, 그리고 사상. 생트뵈브의 『위로』」

10 지금으로선 아무것도 쓰지 못했는데 가을을
기대하고 있네.

「뱌젬스키에게 쓴 편지(1831. 7. 3.)」

11 조만간 가을이 오면 문학에 집중하려고 하네.

「나쇼킨에게 쓴 편지(1831. 7. 21.)」

12 나는 가을을 느낍니다. 그러니 책상에 앉을 채비를
해야겠지요.

「고골³에게 쓴 편지(1831. 8. 25.)」

---

3   니콜라이 고골(Nikolai Gogol, 1809~1852). 러시아의 소설가이자 극작가.

13 얼마전 에슬링을 통해 자네에게 내 지인이었던
고故 벨킨의 이야기를 보냈는데 받았나? 서문은
나중에 보내겠네. 그걸 검열에 넘기게. 그리고
스미르딘[4]에게도 냄새 맡게 해주자고. 내 생각은
이렇네. 이 소설이 우리에게 이런 식으로 1만 루블은
가져다줄 거야.
권당 6루블씩 2000부 = 1만 2000루블 – 인쇄비
1000루블 – 수수료 1000루블 = 총 1만 루블
「플레트뇨프에게 쓴 편지(1831. 7. 11.)」

14 고골의 작품과 함께 내 친구 이반 P. 벨킨의 동화를
보내네. 일반 검열에 넘기면 출판 허가를 받을 수
있을 거야. 서문은 나중에 보냄세. 출판 시 지켜야 할
원칙은 다음과 같아.
1) 가능한 한 여백을 많이 남기고 가능한 한 행간을
넓게 벌릴 것.
2) 한 페이지에 18행 이상은 넣지 말 것.
3) 이름은 축약하지 않고 풀 네임으로 인쇄할 것,
가령 I. P.가 아니라 이반 페트로비치로. 도시명,
지방명도 동일하게.

---

4   알렉산드르 필리포비치 스미르딘(Alexandr Filippovich Smirdin, 1795~1857).
     페테르부르크의 서점 주인으로 러시아 작가들의 작품을 출판하기도 하였
     다. 러시아의 서적 유통 및 출판 사업 발전에 크게 기여했다.

4) 숫자(연도는 빼고)는 알파벳으로 표기.

5) 동화 「역참지기」에서 '민스키'라고 불리는
경기병의 이름을 다 ***로 표기할 것.

6) 스미르딘에게 내 이름을 살짝만 언급하게.
스미르딘이 책을 사는 사람들에게 살짝 말하도록
말이야.

7) 존경하는 대중에게 10루블이 아닌 7루블만
받도록. 병력 보충에 격리에, 지금 시절이 힘드니까
말일세.
대중도 이 적당한 소작료를 슬그머니 지불할 것이고
내게 엄격한 기준을 적용하려 들지 않으리라
생각하네.
중요한 건 우리가 살아야 하고 건강해야 한다는
것이야…….

「플레트뇨프에게 쓴 편지(1831. 8. 15.)」

15   진정성은 시인에게 있어 소중하다. 시인의 살아
있는 창조적 영혼의 상황과 변화를 전부 다 볼 수
있다는 건 우리에겐 즐거운 일이다.

「V. L. P.의 여행」

16   모든 단어는 어휘집에 들어 있다. 그러나 시시각각
출간되는 책들은 이 어휘집의 반복이 아니다. '생각'

하나만 따로 떨어져서는 절대로 새로운 무언가를
제시하지 못한다. 생각들은 무한대까지 다양할 수
있다.

「인간의 의무에 관하여: 실비오 펠리코의 수기」

17   문어가 구어와 완전히 똑같을 수 있을까요? 절대
그렇지 않습니다. 구어가 문어와 완전히 똑같을
수 없는 것과 마찬가지입니다. (……) 언어가 여러
표현과 관용구로 풍성해질수록 능숙한 작가에게는
좋습니다. 문어는 구어체 대화에서 탄생하는
표현들로 시시각각 생생하게 살아나지요. 그러나
수세기에 걸쳐 대화에서 얻은 표현을 버려서는
안 됩니다. 오로지 구어로만 쓰는 것은 언어를
모른다는 뜻입니다.

「편집자에게 쓴 편지」

18   제 생각엔 러시아 시를 프랑스어로 번역하는
일만큼 어려운 일은 없는 것 같습니다. 러시아어의
압축성은 절대 그대로 간결하게 번역될 수 없기
때문입니다.

「골리친[5]에게 쓴 편지(1836. 11. 10.)」

---

5   니콜라이 보리소비치 골리친(Nikolai Borisovich Golitsyn, 1794~1866). 음악가
이자 시인으로 러시아 시를 프랑스어로 번역했다.

19 단어 대 단어 번역은 절대로 진실할 수 없다. 모든
    언어는 자기만의 관용구와 자기만의 약속된 수사적
    비유와 자기만의 독특한 표현을 갖는데 이는
    상응하는 단어로 번역될 수 없다.

「샤토브리앙의 『실낙원』 번역본에 관하여」

20 영감을 찾는 일은 내게 언제나 우습고 어리석은
    기벽이라고 여겨졌다. 영감은 시인이 찾는 게
    아니라 스스로 시인을 찾아와야 하는 것이다.

『아르즈룸 여행』

21 그의 인생은 무척이나 즐거울 수 있었다. 그러나
    그는 시를 쓰고 출판하는 불행을 가졌다.

(……)

시인이 누리는 막대한 특권(소유격 대신 목적격을 쏠
권리와 소위 시적허용이라는 것들 말고는 러시아 시인이
누리는 그 어떤 특권도 우리는 알지 못함을 인정해야 할
것이다)에도 불구하고, 무엇인지 모를 그 온갖
특권에도 불구하고 시인은 엄청난 손해와 불운을
당하는 신세다. 시인에게 있어 제일 쓰라리고 제일
참을 수 없는 재앙은 그에게 딱 들러붙어 절대로
떨어지지 않는 그의 직함과 별명이다. 대중은
시인을 마치 자기 소유물인 양 바라본다. 그들

생각에 시인은 자기들의 '유익과 만족'을 위해
태어난 존재다. 시인이 시골에 갔다가 돌아온다
치면 제일 먼저 마주치는 이가 묻는 것이다.
"우리에게 뭔가 새로운 것을 가지고 오셨나요?"
시인이 속상한 일이나 사랑하는 사람의 병환으로
인해 고민할라치면 당장 속물스러운 미소에
속물스러운 환호성이 따라온다. "옳구려, 뭔가를
쓰시는군요! 사랑에라도 빠지셨나요?" 시인의
미녀란 인물은 영국 상점에서 앨범[6]을 사가지고
와서는 벌써부터 애가哀歌를 기다린다. 친하지 않은
사람과 중요한 일에 대해 이야기라도 할라치면
벌써 자기 아들을 불러내어서는 어떠어떠한 시를
읽으라고 시키는 것이다. 그러면 소년은 시인의
시를 만신창이로 만들어 대접한다. 그런데 이런 게
시라는 수공업의 꽃이다!

(……)

그럼에도 불구하고 그는 시인이었고 그의 열정은
거스를 수 없는 것이었다. 어떤 '부질없는 생각'(그는

---

6   당시 유럽에서 유행한 앨범은 18세기 말 러시아에 처음 등장했다. 앨범은
     오늘날의 방명록과 유사한데 앨범의 주인은 집을 찾아온 손님이나 친척,
     친구들에게 앨범 속지에 글과 그림 등을 남길 것을 부탁했다. 사교계 인
     사들의 친밀한 관계를 예술적인 방식으로 고착하는 수단으로써 널리 사
     용되었다. 푸시킨이 앨범에 남긴 글과 그림 여러 편이 남아 있다.

영감을 이렇게 불렀다)이 그를 덮칠 때면 차르스키는
자기 서재에 틀어박혀 아침부터 늦은 밤까지 썼다.
그는 진실한 자기 친구에게 바로 그럴 때에만
진정한 행복을 느꼈노라고 고백했다. 남은 시간에는
점잔 빼며 시인 아닌 척 산책하는데, 시시각각 "뭔가
새로운 걸 쓰지 않으셨냐?"는 영광스러운 질문을
들어야 했다.

『이집트의 밤』

22 영감은 팔 수 없지만
원고는 팔 수 있잖아요.
어째서 망설이시는지?

「서적상과 시인의 대화」

23 미칠 듯한 사랑의 고통
나 힘들게 겪었다.
사랑의 고통과 운율의 열병을
한데 엮은 자, 복이 있나니.
그는 그리하여 페트라르카를 뒤쫓아
시의 신성한 헛소리를 곱절로 더하고
마음속 번민을 달래며
그 와중에 명성도 얻었거늘, 그러나
사랑할 때 나는 말 못하는 바보였다.

사랑이 지나가니 뮤즈가 나타났고
내 혼미한 정신도 맑게 개었다.
자유로워진 나는 다시금 마법의 소리들과
감정과 생각을 한데 엮을 방도를 찾는다.
써 내려가니 가슴은 애달파하지 않고
멍하니 있다가 쓰다 만 시 옆에
펜으로 여자의 발이나
얼굴을 그리는 일도 없다.
타버린 재는 더 이상 불꽃이 일지 않고
여전히 슬프지만 더 이상 눈물은 없다.
그리고 이제 곧, 이제 곧 폭풍의 흔적마저
내 마음속에서 완전히 잠잠해질 테니.
바로 그때 난 쓰기 시작하리
스물다섯 장으로 된 서사시를.

『에브게니 오네긴』

24 한가로운 사색의 여자친구
나의 잉크병이여.
나 파란만장한 나의 세월을
그대로 장식했다.
그대와 함께해 신이 난 친구는
으레 찾아오던 숙취의 때도
축제의 술잔도

얼마나 자주 잊곤 했던가.

소박한 오두막 그늘 아래

무력한 슬픔의 때

램프와 공상과 더불어 그대는

늘 내 앞에 있었으니.

영감의 순간에는

나 그대에게 달려가

상상의 축연 자리로

뮤즈를 불러내곤 했다.

(……)

나 그대를

소일거리에 헌정했으며

게으름과 사이좋게 만들었으니

게으름은 그대의 벗이기에.

이름 없는 은자隱者는 그대와 함께

성공을 알게 되었으니……

그대의 소중한 수정水晶은

천상의 불꽃을 간직하고 있다.

그리고 저녁 무렵

깃펜이 책들 사이를 거닐 때면

마지못해 애쓰지 않아도

펜은 그대 안에서

내 시의 결말과

진실한 표현을 찾아낸다
때로는 예상치 못한
소리와 단어의 결합과
때로는 신랄한 농담의 정수와
때로는 엄정한 진리의 문체와
때로는 이제껏 들어본 적 없는
기이한 새 운율을.
어리석은 자들의 허물을 옷 벗기듯
나 그대의 잉크 자국으로
조일로스와 무뢰배를
즐겁게 낙인찍었다……
그러나 은밀한 악의의 거품과
중상모략의 독으로
그들을 얼룩지게 하지는 않았다.
그대는 소박한 마음을
아첨과 배신으로
더럽히지도 않았다.

그러나 여기, 안일의 품 안에서
나 살뜰한 벗들의
부드러운 노랫가락 듣는다……
설마 내 영혼의 벗들인
그들을 잊을 리가?

또 그들에게 불충하게 될 리가?
멈추어다오, 때로는 멈추어다오
서간체 산문을 위하여
익숙한 기교들을
강약약격 운율과 강약격 운율을.
차디찬 권태의 순간들과
공허한 마음을
이별의 슬픔과
늘 따라다니는 공상들과
나의 희망과 감정들을
아첨 없이, 기교 없이
종이에 전해다오……
꾸밈없는 수다로
가볍고도 다정한 말로
그들의 마음을 위로해다오……

자연의 태평한 아들인 내가
인생의 황금기를
망각 속에 허비하는 동안
나와 헤어지지 말고
행복하게 잘 살아다오,
나의 귀한 여자친구여.

그러다 지옥의 해안이

영원히 나 데려갈 때

나의 기쁨인 깃펜이

영원히 잠들 때

그대 역시 고아가 되어

텅 빈 구석에서 온기를 잃고

시인의 적막한 집을

영원히 떠나게 되겠지……

나의 소중한 벗 차다예프가

슬픈 마음으로 그대를 거둘 터.

지난 시절의 총아에게

마지막 안부 인사가 되거라.

말라버린 채로 텅 빈 채로

그의 벽에 걸린 그림 두 점 사이

입 다물고 남아서 한 시대를

그의 벽난로를 장식하거라.

까다로운 사교계의

시선을 끌지는 말되

벗들에게는 충직한 시인을

생각나게 하거라.

「나의 잉크병에게」

25 축축한 습기 가득한 배 한 척

바람의 숨결 간절히 기다릴 때

어째서 바람은 골짜기에서 휘몰아치며

나뭇잎을 들어 올려 먼지를 일으키는 걸까?

덩치 큰 사나운 독수리는

어째서 산에서 탑을 지나 불탄 그루터기 향해

날아가는 걸까? 독수리에게 물어보라.

어째서 젊은 데스데모나는

초승달이 밤의 어둠 사랑하듯

흑인 남편을 사랑하는 걸까?

그 이유는, 바람과 독수리 그리고

처녀의 마음엔 정해진 법 없기 때문.

시인이여 너도 마찬가지이니 자랑스러워하라.

그리고 네게는 아무런 조건이 없다.

소중한 생각으로 가득 찬 너

그 누구의 이해도 구하지 않고

지상의 갈림길 앞을

말없이 침울하게 지나쳐 가는구나.

분노도 필요도 웃음도

포효도 놀라움도 노동도

너 군중과 나누지 않는구나.

어느 바보가 외친다. "어디로 가나? 어디로?

여기가 길일세." 하지만 너 듣지 않고

비밀스러운 공상이 널 이끄는 곳으로 가는구나.
너의 노동이 네게는 상급이다.
너는 노동으로 살아 숨 쉬지만
정작 그 열매는 허영의 노예인
군중에게 내던지는구나.

『예제르스키』

26 그는 꽤 많은 책을 소장하고 있었는데, 대부분 군사
서적이나 소설류였다. 그는 기꺼이 책을 빌려주었고
돌려달라는 말을 절대로 하지 않았다. 대신 자기가
빌린 책 또한 그 주인에게 돌려준 적이 없었다.

『벨킨 이야기』

27 여기 페테르부르크에서는 시 한 편당 10루블을
주는데 자네의 모스크바에선 공짜를 강요하고
게다가 잡지 일도 하라고 하는군. 심지어 '그 사람
부자인데 돈이 뭐 필요하겠어?'라고 말한다더군.
그렇다고 치세, 하지만 나는 내 시를 팔아서 부자가
된 것이지 세르게이 르보비치[7]의 손에 있는 영지를
상속받아서가 아닐세.

---

7   푸시킨의 아버지.

「소볼렙스키[8]에게 쓴 편지(1827. 11.)」

28 우리의 주된 실수는 우리가 지나치게 유능해지려고
    한다는 점입니다. 우리의 시 창작 분야는
    성공적입니다. 산문이 어쩌면 더 나을지도 몰라요.
    그러나 바로 여기에 함정이 있습니다. 산문에
    헛소리가 너무나 부족합니다.

    「포고딘에게 쓴 편지(1827. 8. 31.)」

29 난폭한 게 멋이었고 나는 우리 연대 최고의
    무법자였소. 우린 폭음을 자랑하기 바빴고, 나는
    데니스 다비도프가 칭송한 그 유명한 부르초프보다도
    술이 셌지. 우리 연대에서 결투는 일과이다시피 했고,
    나는 직접 나서거나 입회인으로 모든 결투 자리에
    참석했소. 동료들은 나를 받들었지만 수시로 교체되던
    연대장들은 하나같이 나를 필요악쯤으로 취급했지.
    내가 맘 편히(아니면 불안한 마음으로) 내 명성에
    취해 있을 무렵, 우리 연대에 부유한 명문 귀족이
    배속되어 왔소. 그토록 빛이 나는 행운아는
    생전 처음이었지! 젊음, 총기, 뛰어난 용모, 철철

---

8   세르게이 알렉산드르비치 소볼렙스키(Sergei Alexandrovich Sobolevsky,
     1803~1870). 문학 애호가이자 서지학자로 푸시킨의 친한 친구였다.

흐르는 쾌활함, 무턱대고 행할 용기, 명성, 셀 수
없을 만큼 많고 써도 써도 바닥나지 않는 재물을
상상해보시오. 이런 사람이 우리에게 끼치고도
남았을 영향력을 상상해보란 말이오.

내 일등 자리는 흔들렸소. 내 명성에 끌린 그는
나와 친해질 기회를 엿봤지만 나는 냉정하게
대했소. 그러나 그는 일말의 미련도 없이 내게서
물러서더군. 나는 그자가 미워졌소. 연대 안에서
그리고 여인들 사이에서 이룬 그의 성공은 나를
처절한 절망의 구렁텅이로 몰아넣었지.

나는 그와 다툴 빌미를 찾기 시작했소. 내가
풍자시를 던지면 그자도 풍자시로 답했는데 내
것보다 더 기발하고 신랄하고 또 당연하게도 비할
데 없이 유쾌했지. 그는 장난삼아 썼고 나는 분노로
가득 차 썼으니 말이오.

『벨킨 이야기』

30 관직에서 쫓겨나 봉급을 받지 못하였고 글 쓰는
일 외에는 다른 수입도 없어서 저는 당신에게
간청하기로 했습니다, 당신이 제 빵을 빼앗아가지

않기를 바라면서. 그리고 일면식도 없는 올데코프[9]

씨를 개인적으로 못마땅해하는 것은 결코

아니며 단지 제 것을 훔쳐가지 못하도록 지키기

위해서입니다.

「베스투제프에게 쓴 편지(1825. 3. 24.)」

31 아! 인생의 고랑에서 거둔

찰나의 수확물처럼

신의 비밀스러운 섭리 따라

한 세대가 싹트고 익고 고꾸라지면

또 다른 세대가 뒤를 잇고……

이렇게 우리네 경박한 족속은

자라고 요동치고 끓어오르다

조상들의 묘지로 모여든다.

우리의 때도 오리니, 오리니

후손들은 우리도 제때에

세상에서 밀어내겠지!

그때까지는 이 가벼운 인생을

---

9   예브스타피 이바노비치 올데코프(Evstafy Ivanovich Ol'dekov, 1786~1845). 작
     가, 번역가이자 출판인, 그리고 희곡 검열관이었다. 1824년 올데코프는
     푸시킨의 동의 없이 서사시 『카프카즈의 포로』를 독일어·러시아어 병기
     판으로 출판했고 이로 인해 시인은 분노했다. 이 일을 계기로 시인의 친
     구들이 그의 저작권 보호에 앞장서게 되었다.

실컷 들이켜시라, 벗들이여!
그 시시함을 너무 잘 알기에
난 삶에 연연하지 않고
허상들에도 눈을 감았다.
하지만 아련한 희망에
가끔은 마음 시릴 때 있기에,
아무런 흔적 없이 나
이 세상 떠난다면 슬프리라.
칭송받기 위해 살고 쓰지는 않지만
어쩌면 난 바라나 보다,
내 슬픈 운명에 영광 있기를
단 하나의 음이라도 진실한 친구처럼
나를 기억하여주기를.
그 음이 누군가의 마음을 만지거나
운명의 보살핌을 받아
내가 지은 시구가
레테강에 가라앉지 않게 될 수도.
어쩌면(낯간지러운 소망이다!)
먼 훗날 문외한이
내 명성 자자한 초상화를 가리키며
'대단한 시인이었지!'라고 얘기할 수도.
온화한 뮤즈의 숭배자여
내 감사를 받아주오,

오, 쏜살같이 날아가는 내 창조물을
기억 속에 간직할 그대여
축복하는 손길로
옛 시인의 월계관을 다독여줄 그대여!

『예브게니 오네긴』

32 애정하는 작가들의
여자주인공 클라리사, 줄리, 델핀을
저 자신이라 상상하며
타티야나는 홀로 위험한 책과 함께
고요한 숲속을 거닌다.
책 속에서 구하고 찾은 것은
가슴을 온통 채운 열매인
자신의 은밀한 열정과 소망.
한숨짓다가, 타인의 환희와
타인의 슬픔을 제 것으로 삼으며
무아지경 속에서 소중한 남자 주인공에게 보낸
편지글을 암송하고…….

『예브게니 오네긴』

33 페이지 곳곳에
손톱자국이 고스란히 남아 있어
세심한 처녀의 눈빛은 더 또렷해져

그곳으로 향한다.

어떤 생각과 견해에

오네긴이 감동을 받았는지

말없이 동감을 표한 건 뭔지

타티야나는 전율을 느끼며 알아낸다.

여백에서 그의 연필 자국과

마주치기도 한다.

간단한 단어나 십자가 표시

때론 갈고리 모양 물음표를 통해

여기저기서 오네긴의 영혼은 저절로

본모습을 드러낸다.

『에브게니 오네긴』

34 붓을 잡았더라면 난 백배나 더 행복했을 텐데!

아니면 베르네[10]나 푸생[11]의 물감을 가졌더라면

(……)

순결한 뮤즈에게서 영영 도망쳐

……리라를 기꺼이 내버렸을 터

하지만 이 세상에 루벤스로 태어나지 않은 나

그림을 못 그려 운율을 짜맞추게 되었다네.

「수도승」

---

10   오라스 베르네(Horace Vernet, 1789~1863). 프랑스의 화가.

11   니콜라 푸생(Nicoals Poussin, 1594~1665). 프랑스의 화가.

35 삼류 시인이여, 펜 끝을 물어뜯으며 종이 아까운 줄
모르고

운율을 짜맞춘다고 해서 다 시인은 아닐세.
비트겐슈타인 장군[12]이 프랑스 군대를 쳐부수듯
좋은 시는 그렇게 쉽게 써지지는 않는다네.
드미트리예프, 제르자빈, 로모노소프 같은
불멸의 시인들, 러시아인의 명예이자 영광인 이들이
상식을 키우고 또 우리를 가르치는 동안
얼마나 많은 책들이 이 세상에 나자마자 죽어갈
것인가!

(……) 아무도 그 책들은 기억하지 않으며 읽기조차
하지 않을 터

자네가 시인이란 이유로
엄청난 부가 강물처럼 흐를 거라고 생각하는가?
이미 국가의 비호를 받고 있다고 생각하나?
강철 궤짝들에는 지폐를 넣어두고
옆으로 누워 맘 편히 먹고 자는 거?
친애하는 벗이여, 작가는 그렇게 부자가 아닐세
운명이 그에겐 대리석 궁전도

---

12   표트르 흐리스티아노비치 비트겐슈타인(Pyotr Khristianovich Vitgenshtein,
      1768~1843). 나폴레옹전쟁에서 공을 세운 러시아 군인.

순금으로 가득 찬 궤짝도 허락하지 않았다네
대지 아래 오두막, 높다란 다락방이
바로 그의 궁전이요 웅장한 홀일세.

모두들 시인을 칭송하지, 그렇지만 그의 밥줄은
오직 잡지들
행운의 여신의 마차 바퀴는 시인 곁을 지나가거든
벌거벗고 태어났으니 벌거벗고 루소의 무덤으로 가는
걸세
카몽이스[13]가 거지들에게 잠자리를 나눠줄 테지
코스트로프[14]는 무명인 채 다락방에서 죽어간다
그는 낯선 이의 손에 의해 묘지로 실려 갈 판
시인의 삶은 고난의 연속, 시끌벅적한 명성은 꿈.
「시인 친구에게」

36 질투 어린 판관을 위해서가 아니라
타인의 보잘것없는 평가와

---

13 루이스 바스 드 카몽이스(Luís Vaz de Camões, 1524?~1580). 포르투갈의 국민
시인. 극심한 빈곤에 시달리다 페스트에 감염되어 빈민 병원에서 사망했
다.

14 예르밀 이바노비치 코스트로프(Ermil Ivanovich Kostrov, 1755~1796). 농노 출
신의 시인이자 번역가. 출중한 재능을 가졌으나 가난과 술로 인해 고독사
한 불운한 예술가였다.

정보를 모으는 수집가를 위해서가 아니라

재능에 엄정한 친구들

신성한 진리의 벗들을 위해

소수를 위해 창작하는 당신이 옳습니다

행복은 모두를 사랑하진 않을 겁니다

모두가 월계관을 위해 태어나지는 않았으니까요.

고상한 생각과 시의

달콤함을 아는 자 복되어라!

「주콥스키에게」

37 자넨 내가 책을 내지 않는다고 불평하네만 난

오탈자들과 비판론들과 찬성론들 따위와 같이 책을

내는 게 지겨워.

「바젬스키에게 쓴 편지(1825. 11.)」

38 시인이여! 군중의 사랑을 소중히 여기지 말라

환희에 찬 칭찬도 순간의 소음처럼 지나가니

어리석은 자의 판결과 차가운 군중의 조소 듣거든

굳세고 침착하게 그리고 묵묵히 버티어라.

너는 차르. 홀로 살아라. 자유의 길을 따라

자유로운 마음이 이끄는 대로 가라

아끼는 생각들의 열매를 완성하더라도

고결한 업적에 대한 대가를 구하지 말라.

열매는 네 안에 있는 것. 너는 네 자신에 대한
최고의 판관
그 누구보다도 엄격하게 네 작품을 평가하는
것도 너
까다로운 예술가여 네 작품이 만족스러운가?

만족스럽다고? 그렇다면 군중이 비방하고
네 불꽃 타오르는 제단에 침을 뱉고
네 삼발의자를 어린애 장난처럼 흔들게 두라.
「시인에게」

39 고대하던 순간이 왔다. 수년간 매달린 내 작품
완성되었다.
어째서 알 수 없는 슬픔이 나도 모르게 날 괴롭히는
걸까?
내 업적 다 이루고 나니, 자기 몫을 받고 다른 일에
착수해
필요 없어진 일꾼처럼 그렇게 된 건가?
아니면 황금빛 오로라의 친구, 신성한 가신家臣들의
친구인
한밤의 말없는 동반자, 내 작품을 떠나보내기

아쉬운 건가?

「작품」[15]

40 제가 할 수 있는 노동으로부터 얻는 이익 외에는
    제 재정 상태를 보장할 다른 수단이 없기에, 귀하의
    작금의 응원에 힘입어 제 재산이 빼앗기지 않도록
    향후 저를 보호하여주실 것을 청코자 용기를
    내봅니다.

「벤켄도르프에게 쓴 편지(1827. 6. 20.)」

41 불을 꺼도 잠은 오지 않아
    사방엔 어둠과 집요한 망상
    단조로운 시계 소리만
    내 가까이 울려 퍼진다.
    파르카이의 여인[16] 같은 중얼거림
    잠자는 밤의 떨림
    바스락거리는 생쥐 같은 인생……
    넌 왜 날 괴롭히는가?
    지루한 속삭임, 넌 뭘 의미하는가?
    상실한 내 나날들에 대한

---

15   『예브게니 오네긴』을 완성한 후 쓴 시.

16   로마신화에 나오는 운명의 여신.

질책, 아니면 불평?

내게서 넌 뭘 원하는가?

날 부르는 건가, 아니면 예언의 말?

나는 널 이해하고 싶다

네 안에서 의미를 찾고 싶다…….

「잠 안 오는 밤에 쓴 시」

42 제발 내가 시 창작을 압운이나 맞추는 어린애의
허영이나 예민한 사람의 휴식 정도로 여긴다고
생각하지 말아주십시오. 시 창작은 그저 나의
기술이며 내게 밥벌이와 가정의 독립을 가져다주는
정직한 산업의 한 분야입니다.

「카즈나체예프에게 쓴 편지(1824. 5. 22.)」

43 회상록을 쓰는 일은 매혹적이고 유쾌한 일이지. 그
누구도 저 자신처럼 자기를 사랑할 수 없으며 또 잘
알 수도 없어. 무궁무진한 대상인 것이지. 그렇지만
어려워. 거짓말을 하지 않을 수는 있어. 하지만
진실하기란 물리적으로 불가능하다네. 뛰어가다
절벽 앞에 멈춰 선 것처럼 펜이 이따금씩 멈춰 서는
거야. 제삼자라면 이걸 무심하게 읽겠지만 말이야.
세인의 법정을 무시하는 건 어렵지 않아, 하지만
자기의 법정을 무시하는 건 불가능하거든.

「바젬스키에게 쓴 편지(1825. 11.)」

44 이제부터 나는 동사로 압운을 만들 터.

불구의 몸이 된 신병新兵들이나
성질 더러운 군마들을 제쳐놓듯
오만하게 동사들을 내팽개치지는 않을 터.
그다음 접속사와 부사들을 끌어모아
보잘것없는 건달패로 군대를 모집할 터.
내겐 압운이 필요하니 사전마저 통째로 비축해둘
준비 완료. 음절은 사병이니 모두 다 전열 갖추는
데는 적격.
우리 부대가 열병식을 하겠다는 건 아니올시다.

자, 여성 음절들과 남성 음절들이여!
은혜를 구하며 실습해보자. 차렷!
앞으로나란히, 다리를 곧게 뻗고
셋씩 줄을 지어 옥타바[17]에 합류하라!
살살 다룰 테니 겁먹지 마시라
자유롭게 하되 실수만 하지 마시라

---

17 소네트의 첫 8행이나 완결된 8행시 형식을 일컫는 말. 보카치오가 최초로
사용했고 이후 아리오스토, 타소 등이 사용하며 서사시의 규범이 되었다.
바이런의 「돈 후안」도 이 형식을 따랐다.

그러다 보면 어느새 익숙해져

평지에 접어들게 되리다.

전장에서 산산이 흩어진 군대처럼

옆길로 새지 못하도록

내 시행에 일련번호 매겨

대오를 이루도록 지휘하면 얼마나 신나는지!

그러자 매 음절이 명예롭게 각 잡히고

그러자 매 시행이 영웅의 모습을 갖춘다.

그렇다면 시인은…… 과연 누구에 비견할까?

그는 티무르 제국의 왕 혹은 나폴레옹 그 자체.

『콜롬나의 작은 집』

그러나 경이로운 시의 음성은

반목하는 마음을 화목하게 하여

하늘의 미소 앞에서

지상의 증오는 침묵한다!

달콤한 영감의 소리 아래

노랫가락…… 리라 아래……

축복이 일어나고

평화가 민족들에게 강림한다…….

「올리자르 백작에게」

46 시는 오로지 시인으로 태어난 소수의 열정에 의해
존재해왔다. 시는 시인이 일평생 행한 관찰과 노력,
인상 전부를 포괄하며 온통 집어삼킨다.
「크릴로프의 우화 번역에 부친 르몽테의 서문에 관하여」

47 꽃다운 나이, 인생 경험으로 아직 식지 않은 심장은
아름다움에 근접할 수 있다. 그 심장은 타인의 말에
잘 속으며 부드럽다. 존재의 영원한 모순이 조금씩
그 안에 의심과 번민을 낳지만 오래가지는 않는다. 이
감정은 영혼의 고결한 소망과 시적인 편견을 영원히
짓밟고 사라진다. 위대한 괴테가 인류의 영원한 적을
'부정의 정신'이라 칭한 데에는 다 이유가 있다.
「시 「악마」에 관하여」

48 신성한 제물 요구하며
아폴론이 시인을 부르기 전까지
그는 세상사로 번민하며
무기력에 빠져 있다
그의 성스러운 리라 침묵하고
영혼은 차가운 꿈을 맛보니
하찮은 세상의 자녀들 가운데
가장 하찮은 자녀 같기도 하다.

그러나 신의 말씀

예민한 귀에 닿자마자

시인의 영혼 잠 깬 독수리처럼

세차게 활개를 편다.

세상의 재미에 신물이 나고

세간의 소문도 멀리하고

군중이 섬기는 우상의 발아래

오만한 머리 굽히지 않는다.

거칠고 엄숙한 그

소리와 혼돈으로 가득 차 달려간다

황량한 파도 일렁이는 해안가로

으르렁거리는 참나무 숲으로…….

「시인」

49 "타인의 생각이 당신 귀에 닿기만 해도 이미 당신의
소유가 되는군요, 마치 당신이 그것을 오래전부터
가지고서 애지중지하며 끊임없이 키워나간
것처럼요. 그러하니 당신에겐 수고로운 노동도 없고
냉담해지지도 않고 영감에 앞선 번민도 없군요?
놀라워요, 놀랍습니다!"

『이집트의 밤』

50 영감은 기하학에서 필요하듯 시에서도 필요하다.

비평가는 영감과 황홀경을 혼동한다.

아니, 절대로 그렇지 않다. '황홀경'은 미美의 필수

조건인 '평온'을 배제한다. 황홀경은 전체와의

관계에서 일부분을 차지하는 지력智力을 전제로 하지

않는다. 황홀경은 오래 지속되지 않으며 항구적이지도

않으므로 진정으로 위대한 완성작을 만들어낼 능력이

없다(이것 없이 서정시는 불가능하다).

영감은 통합된 상상력의 긴장 상태이다. 영감은

황홀경 없이도 가능하지만 황홀경은 영감 없이는

존재하지 않는다.

「〈므네모시네〉지에 실린 큐헬베케르의 기사에 반박하다」

51 『파우스트』는 시 정신의 위대한 창작물이다.

『일리아드』가 고전의 기념비가 되었듯 『파우스트』는

새로운 시의 대표가 되었다.

「바이런의 드라마에 관하여」

52 영감이란 인상들과 사고思考와 개념들을 가장

생생하게 받아들인 다음, 그것들을 설명해내는

영혼의 상태를 뜻한다.

「편지 발췌문, 사유와 단상」

53 비평은 예술작품과 문학작품 속에 있는 아름다움과

결함을 열어 보이는 학문이다.

비평은 예술가나 작가가 작품 안에서 지키는 규칙에
대한 완벽한 지식과 실제 사례들에 대한 깊이 있는
연구, 그리고 동시대의 주목할 만한 현상에 대한
열정적 관찰을 바탕으로 한다.

공정한 태도를 말하는 게 아니다. 비평에서 예술을
향한 순수한 사랑 외의 다른 것들에 끌려가는
사람은, 저열하고 탐욕스러운 동기에 의해 노예처럼
지배당하는 군중의 수준으로 내려가는 것이다.
예술을 향한 사랑이 없는 곳에는 비평도 없다.
"예술에 정통하고 싶습니까?" 빙켈만이 말했다.
"예술가를 사랑하려고 노력하십시오. 그의 창조물
속에서 아름다움을 찾으십시오."

「비평에 관하여」

54 비평의 상황은 그 자체로 문학 전체의 교양 수준을
보여준다.

「비평에 반박하다」

55 부도덕한 문학이란 그 목적 또는 행위가 공동의
행복과 인간의 도덕적 규범을 흔드는 문학이다.
욕정을 불러일으키는 묘사로 상상력에 불을
지피려는 목표를 둔 시는 시 전부를 모욕한다.

그런 시는 시가 가진 신의 음료를 염증 성분으로
변질시키고 뮤즈를 혐오스러운 마녀로 변질시킨다.
하지만 진심 어린 즐거움과 찰나의 상상력의
장난으로 지어진 농담은, 도덕성에 대해 어린애
같거나 모호한 이해를 가지고 그것을 교훈과
섞으며 문학에서 오로지 교육적인 작업만을 보는
자들에게만 부도덕하게 여겨질 것이다.

「비평에 반박하다」

56 내가 잘생겼는지 아니면 못생겼는지, 유서 깊은
귀족 가문인지 잡계급 출신인지, 착한지 못됐는지,
지위가 높은 사람들의 발아래 기는 사람인지,
아니면 그런 자들과는 인사조차 나누지 않는
사람인지, 카드놀이를 하는지 따위가 비평가나
독자에게 무슨 상관이냐고 혹자는 말할지 모른다.
내 미래의 전기작가는—혹여 신이 내게 전기작가를
보내주신다면—이런 점들에 신경을 쓸 것이다.
그런데도 비평가와 독자는 오로지 내 책에만 관심을
갖는다. 생각건대, 이 견해는 피상적일 수밖에
없다. 작가에 대한 공격과 그 논리에 대한 변호는
소위 공인들의 행위를 투명하게 논쟁하는 길로
가는 중요한 첫걸음이다. 이는 높은 수준의 교양
사회를 이루는 가장 중요한 조건이기도 하다. 이런

관계에서 우리가 경멸하는 작가들과 욕하는 자,
비방하는 자들은 진정한 유익을 가져다준다. 점차
시민의 개인적 명예에 대한 존중 의식이 형성되고,
계몽된 민족의 고결한 성정에 기반한 여론의 힘이
막강하게 자란다.
이리하여 학자와 작가의 부대는 그들이 어느
계급이건 간에 언제나 계몽의 공격과 교양의
진격에서 선두에 서게 된다. 그러하니 그들이
첫 번째 총격과, 모든 고난과 위험을 감수하기로
정해진 자들이란 사실에 비겁하게 분노하지는
마시라.

「비평에 반박하다」

57 고상한 희극은 웃음 하나에만 기반하지 않으며
캐릭터의 발전에도 기반하고 있는데 이는 종종
비극과 비슷하게도 여겨진다.
비극은 대체로 끔찍한 악행과 초자연적인 고통,
심지어 육체의 고통을 도입했다(『필록테테스』
『오이디푸스』『리어 왕』). 그러나 습관은 오감을
둔하게 만들고 상상력은 살인과 처형에 익숙해져서
그것들을 아무렇지도 않게 보는데, 열정과 인간
영혼의 표출에 대한 묘사는 언제나 재미있고
위대하며 교훈적이다. 드라마는 인간의 열정과

영혼의 지휘를 받게 되었다.

주어진 상황에 맞게 묘사된 진실한 열정과 핍진한
감정 표현이야말로 우리의 가슴이 희곡 작가에게
요구하는 것이다.

「민중극과 드라마『태수의 아내 마르파』에 관하여」

58 바라틴스키[18]는 자기 자신을 위해 창작한다.
이따금씩 작품을 공개하기라도 하면 냉담한 반응과
무관심을 마주하는데, 시인의 소리에 대한 반향은
그처럼 외롭고 상실감을 느끼는 몇몇 시 애호가들의
마음속에서만 발견할 수 있는 것이다.

「바라틴스키에 관하여」

59 바라틴스키는 결코 비겁하게 주류의 취향과
일시적인 유행의 요구에 영합하지 않았으며 결코
아는 체하거나 큰 효과를 바라며 작품을 과장하지도
않았고, 눈에 띄지 않는 천한 노동과 마무리를
위한 깔끔한 노동을 결코 소홀히 하지 않았으며,
동시대를 매혹하는 천재가 떨어뜨린 낟알이나
주우며 그의 발뒤꿈치를 따라가지도 않았다. 그는

---

18 예브게니 아브라모비치 바라틴스키(Evgeny Abramovich Baratynsky,
1800~1844). 러시아의 낭만주의 시인.

독자적으로 자기 길을 갔다.

「바라틴스키에 관하여」

60 어떤 신문을 보고 싶으십니까? 정치 분야는
공식적으로 보잘것없고 문학 분야는 본질적으로
보잘것없습니다. 정세나 출입국자들에 관한 소식이
신문의 전부지요. 저는 독점을 없애고 싶었고
성공했습니다. 나머지에는 별 관심이 없습니다.
내 신문은 〈북방의 벌〉[19]보다 얼마간 후질 겁니다.
대중을 만족시킬 생각은 없습니다. 잡지들과 5년에
한 번 정도 다투는 건 좋아요. 시를 게재할 생각은
없어요. 왜냐하면 예수께서 대중 앞에 진주를 던지지
말라고 하셨거든요. 산문은 떨거지로 싣지요. 한 가지
열받는 지점은, 현재 프랑스문학의 역겨운 뻔뻔함을
보여주고 없애버리고 싶다는 것입니다. 라마르틴이
융보다 지루하고, 베랑제는 시인이 아니며, 위고는
생명, 즉 진실이 없으며, 알프레드 비니의 소설은
자고스킨의 소설보다 더 나쁘다고, 프랑스 신문은
교양이 없고, 우리의 신문 〈망원경〉 등등보다 나을 게
없다고 한목소리로 크게 말하고 싶습니다. 18세기에

---

19   당시 러시아 문단에서 인기를 누린 불가린이 발행한 신문. 푸시킨은 신문
    〈일기〉의 발간을 기획했고 포고딘을 섭외하고자 했다. 신문 발간은 상부
    의 최종 허가를 받지 못했다.

비해 19세기는 쓰레기(프랑스에서 말입니다)라고 나는
마음속으로 확신합니다. 산문은 그들이 시라고 부르는
불쾌한 것을 겨우 살려냅니다.

「포고딘에게 쓴 편지(1832. 9.)」

61 제가 답장을 미룬 데는 그럴 만한 이유가 있습니다.
보내드릴 게 없었을뿐더러 내내 영감의 순간을
기다리고 있었기 때문이죠. 말하자면 종이에
먹칠하는 발작의 순간 말입니다. 그러나 영감은
오지 않았고 근 2년간 시 한 줄도 못 썼습니다.
그래서 제 비참한 시구를 당신에게 바치려던 제
선한 의도가 지옥길을 포장하게 된 겁니다.[20] 제발
화내지 마시고 마땅히 해야 할 일과 원하는 일을
제대로 한 적 없는 저를 긍휼히 여겨주십시오.

「산콥스키[21]에게 쓴 편지(1833. 1. 3.)」

62 문학이 품격 있고 귀족적인 활동 무대였던 때가
있었습니다. 오늘날 문학은 몹시 불결한 시장입니다.

---

20 러시아 속담 '지옥으로 가는 길은 선한 의도로 포장되어 있다'. 영국 작가
새뮤얼 존슨으로부터 비롯되었다.

21 파벨 스테파노비치 산콥스키(Pavel Stepanovich Sankovsky, 1798~1832). 파스
케비치 장군 휘하의 특별임무관. 신문 〈티플리스 소식〉의 편집자이기도
했다. 푸시킨은 이 편지를 쓸 당시 그가 사망한 사실을 알지 못했다.

그렇게 되었지요.

「포고딘에게 쓴 편지(1834. 4. 7.)」

63 러시아에서는 불가린 혼자만 쓰고 있군, 자 이게
맹렬한 공격용 텍스트라네. 내가 게으르지만
않았더라면, 그리고 약혼만 안 했더라면, 아주
선량하지 않았더라면, 읽고 쓸 줄 알았더라면
매주 문학 리뷰를 썼을 테지만, 나로선 참을성도
없고 악의도 없으며 시간도 없을뿐더러 할 마음도
없다네.

「플레트뇨프에게 쓴 편지(1834. 1. 13.)」

64 어제 자네의 편지를 받았네. 슬프고 우울해. 내가
눈물 흘린 첫 번째 죽음이야. 말년의 카람진과는
소원해졌지만 나는 러시아인인 그분을 진심으로
애도했네, 하지만 이 세상에서 델비크만큼 내게
가까운 사람은 없었어. 어린 시절 친구들 중
델비크만 남았고 우리 가엾은 무리는 그의 곁에
모였었지. 델비크가 없었다면 정확히 우리는 고아가
되었을 거야. 손가락으로 세어봐, 우리가 몇 명인지?
자네, 나, 바라틴스키 이게 다일세.

「플레트뇨프에게 쓴 편지(1834. 1. 21.)」

65 영국 소설이 러시아 소설에 영향을 끼치기
시작했어. 수줍고 젠체하는 프랑스 시의 영향보다는
더 유익할 거라고 생각하네.

「그네디치[22]에게 쓴 편지(1822. 6. 27.)」

66 내 속내를 다 털어놓지. 난 우울하고 답답하다네.
서른 살 약혼남의 인생은 서른 살 도박꾼의
인생보다 더 나쁘군. 내 장모 될 분과는
엉망진창이야. 내 혼인날은 날마다 늦어지고
있고. 게다가 파혼할 거라는 둥, 가시 돋친 비난의
말들, 화해할지 의심스럽다는 둥, 모스크바에
파다한 소문이 내 약혼녀와 그녀의 어머니
귀에까지 들어갔다는군. 한마디로 난 불행한 건
아니네만 적어도 행복하지는 않아. 곧 가을이야.
내가 좋아하는 계절이니 내 건강도 나아질 테고.
바야흐로 내 문학적 노동의 때가 오는데 어떻게
될지도 모르는 지참금이랑 혼인을 신경 써야
하다니. 이 모든 게 그다지 위로가 되지는 않는군.
난 시골로 가네, 거기서 내가 작업할 틈이 생길지
마음의 평안을 찾을 수 있을지는 신만이 알겠지.

---

22   니콜라이 이바노비치 그네디치(Nikolay Ivanovich Gnedich, 1784~1833). 러시
      아의 낭만주의 시인. 호메로스와 셰익스피어를 번역해 동시대 문인들의
      찬사를 받았다.

평안이 없이는 에피그램 말고는 그 어떤 것도 쓸 수
없을 텐데.

「플레트뇨프에게 쓴 편지(1830. 8. 30.)」

67 늘 새로움과 강렬함을 요구하는 독서 대중을
만족시키기 위해 많은 작가들이 미학적 측면과 진리,
자기 확신은 신경 쓰지 않고 혐오스러운 묘사에
관심을 기울였다. 그런데 윤리적 감수성은 재능과
마찬가지로 모두에게 주어지지는 않는다. 모든 작가가
단 하나의 목표만 추구해야 한다고 요구해서는 안
된다.

「외국 문학과 자국 문학의 정신에 대한 M. E. 로바노프[23]의 견해」

68 여기서 결론은 무엇인가? 천재에게도 약점이 있다는
사실이 보통 사람들을 위로한다면 고상한 사람들의
마음은 슬프게 하는데, 그들에게는 인간의 불완전함을
상기시키기 때문이라는 것이다. 작가가 있어야 할
진짜 자리는 그의 집필실이며 인생의 번잡함과
운명의 눈보라를 넘어설 수 있는 유일한 것이 자립과
자존감이라는 것이다.

「볼테르에 관하여」

---

23   미하일 옙스타피예비치 로바노프(Mikhail Evstafievich Lobanov, 1787~1846). 러
      시아의 극작가이자 번역가, 시인.

69 위대한 사람의 생각을 좇는 일이야말로 가장
홍미진진한 학문이다.

『표트르대제의 총신』

70 내가 차르라면 알렉산드르 푸시킨을 불러서 그자에게
이렇게 말했을 거다. "알렉산드르 세르게예비치,
당신은 시를 잘 쓰는군." 알렉산드르 푸시킨이 약간은
겸연쩍이 당황하면서 내게 고개 숙여 인사하면 나는
말을 이어간다. "당신의 송시 「자유」를 읽었소. 그
송시는 전반적으로 앞뒤가 좀 안 맞고 살짝 고민한
기색이 있더군. 하지만 여기 세 개의 연은 아주
좋소. 매우 분별력 없이 처신하고 있지만 그럼에도
당신은 세간에 널리 퍼진 나에 대한 말도 안 되는
비방[24]으로 나를 백성들의 눈앞에서 깎아내리려고
하진 않았더군. 근거 없는 생각이야 할 수도 있는 거고,
그런데 내 보기에, 당신은 차르에게 있는 진실과 그의
개인적 명예까지도 존중했더군." "아, 폐하, 어째서
그 어린애 같은 송시에 대해 말씀하시는 겁니까?
차라리 『루슬란과 류드밀라』의 3번과 6번 노래, 서사시
『카프카즈의 포로』를 다 읽지 못하신다면 대신 그

---

24 이 글은 푸시킨이 당시 차르였던 알렉산드르 1세와 상상의 대화를 나누
는 상황을 설정하고 있다. 여기서 알렉산드르 1세가 말하는 '비방'은 그가
자신의 아버지 파벨 1세의 암살에 가담했다는 세간의 소문을 암시한다.

1부나 서사시 『바흐치사라이의 분수』를 읽으셨더라면
좋았을걸요. 『예브게니 오네긴』은 현재 인쇄 중입니다.
폐하의 도서관에 있는 이반 크릴로프에게 2부를
보내드릴 수 있다면 영광이겠습니다. 그리고 만일에
폐하께서 시간이 나신다면…….”

“맙소사, 알렉산드르 세르게예비치. 우리 차르의
규칙은 이렇소. '일은 하지 말되 일에서 도망치지는
마라.' 얘기해보시오, 어떻게 인조프와는 잘 지내고
보론초프 백작과는 못 지낸 거요?”[25]

“폐하, 인조프 장군은 선량하고 명예로운
노익장입니다. 그분은 영혼까지 러시아인입니다.
그분은 유명하건 유명하지 않건 자기 조국 사람보다
영국인 불한당을 우대하지 않았습니다. 열여덟 살도
아니니 진작부터 여자 뒤꽁무니를 쫓아다니지도
않았고요. 열정이 있었다 한들 이미 오래전

---

[25]　푸시킨의 남부 유배 시절 상관 이반 니키티치 인조프 장군(1786~1845)은
드문 인격의 소유자이자 자유주의 사상에 호의적 인물로 푸시킨의 든든
한 후원자가 되었다. 미하일 세묘노비치 보론초프 백작(1782~1856)은 외
교관으로서 겉으로는 자유주의자였고 심지어 정부에 적대적인 입장을 취
하기도 하여 알렉산드르 1세조차 백작을 함부로 할 수 없었다. 그러나 정
작 그는 명예욕과 원칙 없는 성격의 소유자로, 아랫사람에게는 거만하기
짝이 없었다. 그는 푸시킨의 일거수일투족을 감시했다. 그러던 차에 푸시
킨과 보론초프 백작 부인 사이에 염문설이 나돌았고 그는 '무신론에 관심
있다'는 푸시킨의 편지글을 트집 잡아 상부에 밀고한다. 이에 황제는 푸시
킨의 직위를 박탈한 후 유배지를 미하일롭스코예로 변경한다.

사그라들었죠. 그분은 고상한 감정을 신뢰하는데
왜냐면 그 자신이 고상한 감정의 소유자이기
때문입니다. 비웃음을 사는 걸 두려워하지 않는데
왜냐면 그들보다 더 위에 있기 때문입니다. 그리고
단 한 번도 그에게서 독설을 들어본 적이 없습니다.
왜냐면 그분은 모두에게 신중하고 예의 바르게
대하며, 적대적인 비방문을 신용하지 않기 때문입니다.
폐하, 기억하십니까. 단어는 자유롭고 모든 불법적인
글들은 제가 썼다고 하지요. 모든 재치 있는 공상은
치치아노프 공[26]이 썼다고 하는 것처럼요. 못 쓴 시를
부인하지는 않습니다. 제 이름이 선한 명성을 얻기를
바라면서요. 하지만 좋은 시는 부인할 힘이 없다는 걸
인정합니다. 용납하기 힘든 약점이지요."
"하지만 당신은 무신론자잖소? 이건 아무짝에도
쓸모가 없소."
"폐하, 어떻게 사람을 편지로, 그것도 친구에게 쓴
편지로 판단할 수 있습니까? 학생 때 한 농담을
범죄처럼 여길 수 있을까요? 두어 줄의 무의미한
문장을 전 백성에게 한 설교라도 되는 양 판단할

---

26   드미트리 예브세예비치 치치아노프(Dmitry Evseevich Tsitsianov, 1747~1835).
      19세기 초 러시아의 '뮌하우젠'으로 불릴 만큼 허풍과 거짓말이 셌던 조
      지아 출신 귀족. 1831년 푸시킨이 모스크바에 갔을 당시 치치아노프와 만
      났을 것으로 추정된다.

수가 있을까요? 저는 오늘날 유럽의 군주 가운데
가장 훌륭하신 분으로서 언제나 폐하를 존경했으며
존경하고 있습니다(한데 샤를 10세[27]가 어떻게 될지는
지켜봐야 합니다). 그러나 저에게 하신 폐하의 마지막
처분[28]은, 폐하의 심중에 담대히 의거하건대, 폐하의
법도와 계몽된 사고방식에 위배되는 것입니다……."
"인정하시오, 당신은 언제나 내 관대함에 기대를
걸었잖소?"
"그것이 폐하의 위엄을 능욕하지는 않을 겁니다.
제가 계산을 잘못했을 수도 있다는 걸 폐하는
아시지요……."
그러자 푸시킨은 그 자리에서 열을 내며 내게
쓸데없는 말을 한참 늘어놓았고 나는 화가 나서
그자를 시베리아로 보냈다. 압운을 맞춘 다양한
운율로 '예르마크'[29]나 '코춤'[30] 같은 서사시를 쓸 법한
그곳으로.

---

27   프랑스 왕정 복고기의 국왕(1824~1830년 재위)으로 부르봉왕조의 마지막
     왕이다. 루이 16세와 루이 18세의 남동생으로, 자녀가 없었던 루이 18세
     사후 즉위했다.

28   1824년 황제가 내린 미하일롭스코예로의 유배령을 가리킨다.

29   예르마크 티모페예비치(Ermak Timofeevich, 1532~1585). 이반 1세 시기 우랄
     산맥을 넘어 시베리아 원정에 성공한 카자크 대장.

30   시베리아 칸국의 왕으로 예르마크의 카자크 분대를 습격해 대승을 거두
     었고 이때 예르마크는 도주하다가 강에서 익사했다고 전해진다.

「알렉산드르 1세와 나눈 상상의 대화」

71 우리를 고양시키는 기만 하나가
넘쳐나는 비루한 진실의 어둠보다 내겐 더 소중하다.
「영웅」

72 저는 양심에 따라 역사가로서의 의무를 다했습니다.
열심히 진실을 탐구하였고 어떠한 속임수도 쓰지 않고
진실을 기술했습니다. 권력에 아첨하지도, 유행하는
사고방식에 영합하려고도 하지 않았습니다.
「벤켄도르프에게 쓴 편지(1833. 12. 6.)」

73 극작가에게는 무엇이 필요한가? 철학, 냉철함,
역사가의 공적인 식견, 통찰력, 상상력의 생기, 편견과
사심의 배제. 즉 자유이다.
「민중극과 드라마『태수의 아내 마르파』에 관하여」(초고)

74 '그와는 달리 되지 않을 수가 없다'고 말하지 마시라.
만약 이 말이 사실이라면 역사가는 천문학자가
되었으리라. 그리고 인간의 삶에서 발생할 사건들은
마치 태양의 일식과도 같이 달력에 미리 예견되어
기록되었을 것이다. 그렇지만 신의 섭리는 대수학이
아니다. 인간의 지성은, 평범한 사람들의 표현으로

말하자면 예언자가 아니라 점쟁이인바, 이 지성은
사물의 보편적인 움직임을 살피고 거기서 심오한
가설을 도출해낼 수 있을 터인데 이는 종종 시간이
흐르면 입증되기도 한다. 그렇지만 인간의 지성은
우연, 신의 섭리의 강력하고도 순간적인 도구인
우연까지는 예견하지 못한다.

「폴레보이의 『러시아 민중사』 2권에 관하여」

75 오 나의 독자여, 그대가 누구이건,
적이든 동지든, 이제 나는 그대와
친구처럼 작별하고 싶다.
안녕. 그대가 나를 따라오며
여기 이 산만한 시구에서 무엇을 찾았건
그것이 요동치는 추억이건
일과에서 벗어난 휴식이건
실감 나는 장면 혹은 기발한 문구
혹은 문법상의 오류건
부디 이 작은 책자에서
재미와 꿈, 감동과
잡지용 논쟁거리의 부스러기라도
찾았기를 바란다.
자 이제 작별하자, 안녕!

『예브게니 오네긴』

V

나의 아내여,
나의 가족이여

1 그대의 사랑은 내가 이 슬픈 성城 대문에 목매달고
   죽는 걸 막는 유일한 것입니다(괄호 안에 추가하자면
   우리 조부께서 프랑스인 교사였던 니콜라이 사제가 맘에
   안 든다고 여기에 그의 목을 매달았었지요). 이 사랑을
   내게서 앗아가지 마시고 그 안에 내 행복의 전부가
   있다는 걸 믿어주시오.
   「아내에게 쓴 편지(1830. 9. 30.)」[1]

2 그 누구도 당신에게 내 빚을 갚으라고 하지
   않았어요. 그런 사람들한테 내가 몹시 못마땅해
   한다고 전하도록 해요. 그자들에게 당신을
   괴롭히라고 한 적 없소만 내가 보기엔 그들이 내가
   집을 비운 걸 기뻐하는 것 같소. 당신이 만나지
   않겠다고 하는데도 감히 포민 같은 작자가 어떻게
   당신을 만났단 말이오? 당신도 잘한 게 없어요.
   당신은 그자들 장단에 놀아나는 거요. 누가 돈을
   달란다고 해서 줘버리면 살림은 거덜 나고 말 거요.
   앞으로는 그자들이 오면 당신은 내 일과는 상관이
   없으나 당신이 한 말은 신성한 것이라고 이르도록
   해요. (……) 이 모든 게 다 짜증이 나오. 내가

---

1   아내 나탈리야와 약혼했을 때부터 결혼생활을 하는 동안 푸시킨이 보낸
     편지 78통이 남아 있다.

화낸다고 해서 화내지는 말아요. (……)
당신에게 답장하기 위해 편지를 고쳐 쓰고 있소.
제발 옷으로 몸을 꽉 조이지 말고, 다리 꼬고
앉지 말고 공공장소에서 인사 나눌 수 없는 백작
부인들과는 사귀지 말아요. 농담이 아니라 진지하게
염려하며 당신에게 하는 말이라오.

「아내에게 쓴 편지(1831. 12. 16.)」

3   내가 나타나면 소음과 관심을 불러일으킨다오.
그리고 이것은 기분 좋게 나의 자기애를
간지럽히오.

「아내에게 쓴 편지(1832. 9. 27.)」

4   당신의 용모는 이 세상 그 무엇과도 비교할 수
없다오. 하지만 나는 당신의 용모보다 당신의
영혼을 훨씬 더 사랑한다오.

「아내에게 쓴 편지(1833. 8. 21.)」

5   어제가 당신 명명일이었고 오늘은 생일이오. 나의
천사, 당신과 나를 축하하오.

「아내에게 쓴 편지(1833. 8. 27.)」

6   습관처럼 책방들을 둘러보았는데 쓸 만한 걸 하나도

못 찾았다오. 여행길에 들고 온 내 책들은 짐 가방
안에서 뒤죽박죽이 되어 찢어져버렸어. 그 때문에
오늘 난 무척 화가 났다오. 그래서 마샤에게 유모랑
놀면서 성질부리거나 싸우지 말라고 충고하려 하오.
단단히 일러두리다.

「아내에게 쓴 편지(1833. 8. 27.)」

7 내 천사, 당신을 남겨두고 또다시 유랑의 삶을
시작한 게 어리석은 짓이었던 것 같소. 떠나온
첫날을 생생하게 그릴 수 있다오. 당신은 빚에
쪼들리고 있고, 하녀 파라샤와 요리사, 마부에
약사, 마담 실러[2] 등등이 당신을 들들 볶고 있지.
당신은 돈이 부족하고, 스미르딘은 당신 앞에서
사과하고, 당신은 걱정하면서 내게 화를 냈고.
당연한 일이었소. 그래도 이건 괜찮은 측면이오.
만일 당신이 또 종기가 나고 마샤가 아프면
어쩌겠소? 거기다 또 다른 예기치 않은 사건이라도
생긴다면…… 푸가초프는[3] 그보다 더 중요하지 않소.
두고 봐요, 난 푸가초프에게 침을 뱉고 당신에게 갈
거요.

「아내에게 쓴 편지(1833. 9. 2.)」

---

2 유행하는 상품을 파는 상점의 주인.

3 당시 푸시킨은 푸가초프 반란사에 관한 역사서를 쓰고 있었다.

8 내가 얼마나 처신을 잘하고 있는지! 당신이 내
모습에 얼마나 흐뭇해할는지! 귀족 영애들 꽁무니를
쫓아다니지도 않고, 역참지기 마누라를 괴롭히지도
않고, 칼미크 처녀를 유혹하지도 않고 며칠 전에는
여행객에겐 너그럽게 용서되는 호기심에도
불구하고 바시키르 여인도 거절했소. 이런 속담이
있다는 걸 당신 아오? 타지에서는 노파가 신의
선물이다. 정말 그렇다오, 여보. 날 본받으시오.
「아내에게 쓴 편지(1833. 9. 19.)」

9 내가 염려하는 건 두 가지요. 하나는 내가 돈도
없이 당신을 남겨두고 왔다는 것과 당신에게
아이가 생겼을지도 모른다는 거요. 당신도 건강하고
마시카와 사시카도 살아 있고, 비싸긴 해도 당신이
집을 구한 것도 얼마나 다행인지. 마누라, 당신 교태
부리고 다녔다는 말로 날 겁주지 말아요. 그래서
내가 한 글자도 못 쓰고 집에 가게 되면 우리는 길에
나앉게 되겠지. 그러니 내 맘 편하게 해주오. 그래야
내가 작업을 할 수 있고 속도를 낼 수 있다오.
볼디노에 온 지 벌써 일주일이 지났소. 푸가초프에
대해 쓴 글을 정리하고 있는데, 시는 아직도 잠자고
있다오. 차르가 이 글을 허가한다면 우리에겐 3만
루블이 생길 거요. 절반을 빚 갚는 데 쓰더라도

우리는 편히 살 수 있을 테지.

「아내에게 쓴 편지(1833. 10. 8.)」

10 당신 사정은 어떻소? 당신 뱃속은? 이번 달엔
날 기다리지 말고 11월 말쯤이나 날 기다려주오.
날 방해하지도 말고 겁주지도 말고 건강하구려,
아이들 잘 돌보고 차르에게 너무 애교 부리지 말고
영애 류바의 약혼남에게도 애교 부리지 말길. 나는
열심히 작업 중이고 아무도 만나지 않아요. 온갖
잡다한 것들을 한가득 가져가리다. 스미르딘이
정확히 처리하길 바라오. 조만간 그에게 시를 보낼
거라오. 여기 지방의 이웃 사람들이 나에 대해 뭐라
하는지 아오? 내 일을 어떻게 묘사하냐면, 푸시킨은
좋은 술병 하나 가져다 놓고 시를 쓴다는 거요. 한
잔 탁 마시고, 두 잔, 세 잔째 마시면 이미 시를 쓰고
있다고! 영광이야. 당신에 대해선 미모뿐 아니라
몸매도 좋다고 우리 사제 부인에게까지 소문이
났어요.

「아내에게 쓴 편지(1833. 10. 11.)」

11 당신의 분별없는 생활에 대해 자세히 그리고
솔직하게 써줘서 고마워요. 마누라, 즐겨요. 하지만
노는 데 정신 팔려 날 잊진 말아요. (……) 내 천사,

제발 애교 좀 부리지 말아요. 질투심에서가 아니라
당신이 매사에 힘들어질 걸 알기에 하는 소리요.
모스크바 여인들 냄새는 내가 죄다 싫어한다는 걸
당신도 알잖소. 전부 다 품위 있지(comme il faut)도
않고, 전부 다 저속한(vulgar)……. 집에 갔는데
당신의 사랑스럽고 소박하고 귀족적인 톤이 변한 걸
알게 된다면 이혼하리다. 그리고 맹세컨대 속상한
김에 군인이나 되어야겠소. 내가 어떻게 지내는지,
멋있어졌는지 물었죠? 첫째, 턱수염을 길렀다오.
콧수염이나 턱수염이 청년들에게는 칭찬이지만
내가 길거리에 나가니 아저씨라고 부른다오. 둘째,
7시에 일어나서 커피를 마시고 3시까지 누워 있어요.
최근에 많이 썼고 이미 산더미처럼 썼소. 3시에 말을
타고 5시엔 목욕탕에 갔다가 감자와 메밀죽으로
저녁을 들어요. 9시까진 독서. 이게 내 일상이라오,
그리고 매일이 똑같아요.

「아내에게 쓴 편지(1833. 10. 30.)」

12 내가 좀 화가 나서 편지에 심하게 썼던 것 같아요.
당신에게 부드럽게 다시 말합니다. 교태는 어떤
좋은 결과도 낳지 않는다는 걸. 교태에도 즐거움은
있겠으나 교태처럼 젊은 여성에게서 가정의 행복과
사교계에서 누리는 평안, 즉 존경심을 손쉽게

앗아가는 것은 없소. 당신의 승리를 기뻐할 이유가
없다오.

「아내에게 쓴 편지(1833. 11. 6.)」

13 내 천사! 마샤의 생일에 당신을 축하하오. 당신과
마샤에게 키스를. 마샤에게 치아를 주시고 건강을
주시길. 사샤의 명명일은 아니지만 그 아이에게도
같은 걸 바라오. (……) 여보, 내 편지를 다른
사람이 베껴 쓰게 해서는 절대로 안 되오. 남편이
아내에게 쓴 편지를 우편국이 인쇄한다면 말이오,
그게 그쪽 일이라고 쳐도 한 가지는 불쾌하기 짝이
없소. 천박하고 불명예스러운 방식으로 가족간
왕래에 은밀히 침투한 것 말이오. 만약에 당신
잘못이라면 난 속이 상하겠지. 그 누구도 우리
사이에 무슨 일이 일어나는지 알아서는 안 되고 그
누구도 우리 침실에 들어와서는 안 되오. 비밀 없는
가정생활이란 없어. 당신에게 쓴 편지는 출판용이
아니오. 당신과 대중이 똑같을 리가 있겠소. 그럴
수 없다는 것을 알지만 진작부터 그 누구든 추악한
일로 날 놀래진 못한다오.

「아내에게 쓴 편지(1834. 5. 18.)」

14 마샤에게 이가 났다는 좋은 소식 고마워요, 내

천사. 이제는 나머지 이들도 무사히 잘 나리라
기대해보겠소.

내가 뭘 하는지 물었지. 내 천사, 신통치는 않아요.
그래도 4시까지는 집에 앉아서 작업하고 있어요.
사교계엔 가지 않아서 연미복이 낯설어졌어요.
저녁엔 클럽에서 시간을 보내지. 파리에서
온 책들이 도착했고 내 도서관은 자라면서
빽빽해져가고 있다오.

당신은 젊지만 이미 한 가정의 어머니잖소, 당신이
정직하고 좋은 아내의 임무를 다하듯이 좋은 어머니의
임무를 다하는 게 어렵지 않을 거라는 걸 믿어요,
살림을 내맡겨 뒤죽박죽이 되면 가정생활에 있어
끔찍한 일이에요. 그리고 허영심의 성공이 어떠한들
평안과 기쁨의 보상이 될 수는 없어요. 자 이게
당신에게 주는 교훈입니다. (……) 숙모님은 항상 날
예뻐해주시고 내 생일에는 멜론이랑 딸기를 한 바구니
보내셨어. 덕분에 폭풍 같은 내 인생의 서른여섯 번째
생일을 설사로 맞게 될까 봐 걱정된다오.

「아내에게 쓴 편지(1834. 5. 29.)」

15 누군가 당신과 나 사이를 엿듣고 있다는 생각은

'문자 그대로' 날 미치게 만드오. 정치적 자유는
없어도 얼마든 살 수 있지만 가정의 불가침(inviolabilité
de la famille) 없이는 견딜 수가 없소. 유형보다 나을 게
없어. 이건 당신용이 아니라오. 당신용으로 쓰는 건
이거요, 철제 목욕통을 쓰기 시작했소? 마샤에게 새
이가 났는지? 아이가 첫니 날 때 잘 참았는지?

「아내에게 쓴 편지(1834. 6. 3.)」

16 나는 당신과 결혼해야만 했소. 왜냐하면, 당신이
없었더라면 나는 평생 불행했을 테니까. 하지만
직무를 맡진 말았어야 했소. 훨씬 더 나쁜 건, 나
자신이 재정 상황에 속박된 것이오. 가정생활에
매이는 것은 사람을 더 윤리적으로 만들지.
허영심에서든, 필요에 의해서든, 스스로에게
부과하는 매이는 생활은 우리를 모욕하지요.
그자들은 이제 나를 마치 그들이 하라는 대로 부릴
수 있는 종쯤으로 생각한다오. 실총이 경멸보다 더
가볍소.

「아내에게 쓴 편지(1834. 6. 8.)」

17 퇴직할 생각을 굳히고 있소. 우리 애들의 장래에
대해 생각해야만 해요. 내가 믿었던 아버지의
영지는 끔찍할 정도로 엉망진창이라 긴축재정만이

방법인 것 같소. 내가 돈을 많이 갖는다고 해도
우린 살 날이 많잖소. 오늘 내가 죽는다고 칩시다,
가족들은 어떻게 되겠소? 줄무늬 카프탄을 입히고,
품위 있는 사람들처럼 넓은 교회 묘지가 아닌
비좁은 페테르부르크 공동묘지에 날 묻는다 해도
별로 위로가 되지 않는구려.

「아내에게 쓴 편지(1834. 6. 28.)」

18   내게서 부드럽고 애정 담긴 편지를 요구하지
     말아요. 우편국과 경찰국 등등에서 우리 편지를
     다 열어서 읽는다고 생각하면 차갑게 식어서 나도
     모르게 건조하고 지루해진다오. 두고 봐, 퇴직할
     테니 그러면 서신교환도 필요 없어지겠지.

「아내에게 쓴 편지(1834. 6. 30.)」

19   잔소릿거리를 잘도 찾았군! 여름 정원과
     소볼렙스키라니. 하지만 여름 정원은 내 정원이나
     다름없다오. 잠에서 깨면 나는 가운을 걸치고
     슬리퍼를 신은 채 그리로 가오. 식사를 하고 나선
     거기서 잠을 자고, 책도 읽고 글도 쓰지. 거기 있으면
     집에 있는 것 같다오.
     소볼렙스키는 어떠냐고? 소볼렙스키는 자기 식대로,
     나는 내 식대로지. 그는 자기 맘대로 추론을 만들고

나는 내 나름의 추론이 있다오. 내 최고의 추론은
당신이 있는 시골로 도망가는 거요. 칼루가에 대해서는
왜 쓰는 거요? 거기 뭐 볼 게 있다고? 칼루가는
페테르부르크보다 훨씬 고약한 모스크바보다도 살짝
더 고약한 곳인데. 당신 거기서 대체 뭘 하겠다는
건지? 당신 자매들, 분명 내가 '제일 좋아하는 처형'이
당신을 충동질하는 모양이로군, 그 처형이 틀림없어.
부탁이니 여보, 칼루가에는 가지 마시오. 집에 있는
게, 그게 제일 좋아요. (……) 오늘 식구들이 시골로
떠나오. 마차 타는 곳까지만 배웅하러 갈 거요. 레프
세르게예비치가 걸어서 차르스코예 셀로까지 마중 갈
거거든. 얼마나 날 들들 볶았는지……. 당신 생각이
나더군, 나의 천사. 하지만 어쩌겠소. 영지 일에 손대지
않는다면 영지는 정말이지 허무하게 사라지고 말걸.
그러면 누이 올가[4]와 레프[5]는 먹고살 길이 막막해질

---

4   올가 세르게예브나 푸시키나(Ol'ga Sergeevna Pushkina, 1797~1868). 푸시킨의
     누나. 남동생 레프와 함께 귀족 기숙학교에서 수학했던 니콜라이 파블리
     셰프와 1828년 결혼했다.

5   레프 세르게예비치 푸시킨(Lev Sergeevich Pushkin, 1805~1852). 푸시킨의 남
     동생. 귀족 기숙학교 졸업 후 문관으로 경력을 시작하였으나 사직 후 군
     에 입대한다. 대위로 전역한 후 내무부에서 잠시 근무하다 다시 군복무를
     하게 된다. 전역 후 사망 시까지 오데사항의 세관에서 근무하였다. 현재
     까지 푸시킨이 동생에게 보낸 편지 40통이 남아 있다. 뱌젬스키의 회상에
     따르면 푸시킨은 남동생의 결점들로 인해 화를 내기도 했지만 부모의 마
     음으로 깊이 사랑했다.

테고, 결국 내가 그 둘을 품어야 할 텐데, 그때가 되면
난 펑펑 울 테고 그들은 별로 힘들어 하지 않을 테지.
다들 나한테만 손 벌리겠지. 오, 가족, 가족이란!
제발 부탁이니 여보, 칼루가에는 가지 마시오.
거기서 누구를 만나겠소? 주지사 부인? 그녀는
아주 상냥하고 똑똑하지만, 당신이 가서 머리
숙일 이유는 전혀 없소. 드미트리 니콜라예비치의
약혼녀? 그건 얘기가 다르지. 당신이 그 결혼을
성사시켜 봐요. 그럼 내가 대부가 되러 가리다.
마누라, 야로폴츠에서는 어떻게 지냈는지, 어머님과
기타 등등과는 잘 지냈는지 써 보내줘요. 서로
싸우거나 시샘할 틈도 없이 사이좋게 헤어졌길
바라오. 여기서는 프로이센 왕자를 기다리고 있소.
어제 오제로프가 덩치 좋은 아내와 함께 베를린에서
돌아왔소. 대단한 부인이더군. 그녀를 보면서 당신
생각을 했고, 당신도 친정에서 돌아올 때는 그렇게
포동포동해져 돌아오길 바랐소. 성냥개비처럼 마른
몸은 이제 충분하다오. 안녕, 아내여. 이제야 마음이
좀 환해지는구려. 이틀 연속 당신 편지를 받았으니
우편국이랑 경찰국하고도 진심으로 화해했다오.
그건 다 집어치우고. 애들은 어찌 지내는지?
아이들에겐 축복을, 당신에겐 입맞춤을 보내오.

「아내에게 쓴 편지(1834. 6. 11. 첫 번째)」

20   당신은 처형들을 궁정에 들여보낼 생각만 하는군.
첫째, 아마 거절당할 거요. 둘째, 설령 허락을 받는다
하더라도 이 돼지 같은 페테르부르크에 얼마나
추잡한 소문이 나돌지 생각 좀 해봐요. 당신은
청원하러 다니기엔 너무나 아름답소, 나의 천사여.
나중에 과부가 되고 나이가 들면 그때 가서 구차하게
청원하러 다니는 노파가 되든 9등관이 되든 마음대로
하구려. 당신과 처형들에게 주는 내 충고는 궁정에서
멀리 떨어져 있으란 거요. 거긴 득 될 게 하나 없어.
당신도 처형들도 부유하진 않잖소. 다들 숙모님
한 분께 기댈 수도 없는 노릇이고. 맙소사! 만약
당신 친정 영지가 내 소유였다면, 페테르부르크나
모스크바의 빵 따위로 나를 꼬드겨도 절대 여기 오지
않았을 거요. 거기서 지주처럼 살았을 거야. 하지만
당신네 여인들은 자립의 행복이란 걸 이해하지
못하면서 "어제 무도회에서는 아무개 부인이 단연코
가장 아름답고 옷도 제일 잘 입었더라(Hier Madame une
telle était décidément la plus belle et la mieux mise du bal)"는
말을 듣기 위해 영원히 노예가 될 준비가 되어 있군요.
잘 지내요, '아무개 부인(Madame une telle)'. 숙모님이
당신 편지를 부쳐주셨다오, 편지 보낸 당신에게
너무 고맙소. 건강하게, 현명하게, 상냥하게 지내길.
미쳐 날뛰는 말은 타지 말고, 유모들이 아이들을 잘

보살피는지 살펴보도록 해요. 더 자주 내게 편지
쓰고, 처형들에게도 격식 차리지 않고 입맞춤을,
드미트리 니콜라예비치에게도 안부 전해주고
애들에게는 나 대신 축복을 빌어주오. 당신에게
키스하오. 이제 증기선을 타고 비엘고르스키를
배웅하러 가오. 아마도 그는 살아 있는 아내를 볼
순 없을 것 같아. 『표트르 1세』 작업은 진행 중이오.
겨울쯤엔 1권을 출판할 수 있을지도. 그 사람[6]에
대해서는 이제 화를 내지 않기로 했소. 사실상(toute
réflexion faite), 그를 둘러싼 이 추잡한 환경이 그의
잘못은 아니니까 말이오. 변소에 살다 보면 원치
않아도 거기에 익숙해져서 제아무리 신사(gentleman)라
해도 그 악취가 싫지 않게 된다오. 아, 맑은 공기
속으로 도망치고 싶구려.

「아내에게 쓴 편지(1834. 6. 11. 두 번째)」

21 돈을 벌고 있다오, 날 위해서가 아니라 당신을
   위해서. 나는 돈을 별로 좋아하지 않아요. 하지만
   돈이 품위 있게 자립할 수 있는 유일한 방법이기
   때문에 존중한다오.

「아내에게 쓴 편지(1834. 7. 14.)」

---

6   여기서 그 사람은 니콜라이 1세를 가리킨다.

22 　하지만 난 내내 걱정이 되어서 아무것도 쓰지
　　못하고 있고 시간은 흘러가지. 당신은 내 상상력이
　　얼마나 살아 움직이는지 상상도 못 할 거요. 내가
　　사방이 벽으로 둘러싸인 방에 혼자 앉아 있을 때나
　　숲속을 걸을 때, 그 누구도 내 머리가 어질어질해질
　　때까지 생각하는 걸 방해하지 않을 때 말이오.
　　내가 뭘 생각하느냐? 바로 이런 거요. 우린 뭐 먹고
　　살지? 아버지는 내게 영지를 남겨주지 않으실
　　테고―그걸 벌써 반이나 탕진했거든. 당신 영지도
　　사라질 지경이고. 차르는 내가 지주가 되는 것도,
　　저널리스트가 되는 것도 허락하지 않고. 돈을 위해
　　책을 쓰는 건, 신이 아실 테지만, 내가 할 수 없고.
　　수입은 한 푼도 없는데 지출은 정확히 3만 루블이고.
　　모든 걸 나랑 숙모님이 책임지고 있지. 하지만 나도
　　숙모님도 영원하진 않다오. 그다음 어떻게 될지는
　　신만이 아시겠지. 지금으로선 슬프다오.

　　「아내에게 쓴 편지(1835. 9. 21.)」

23 　나는 시간과 영혼의 힘을 잃어가고 있어요,
　　창문으로 급료를 내버리고 있는데 앞날에 어떤 것도
　　보이지 않아요.

　　「아내에게 쓴 편지(1835. 9. 29.)」

24 러시아 문학을 순화하는 것은 변소를 청소하는 것과
같으며 이는 경찰 손에 달려 있다오.

「아내에게 쓴 편지(1836. 5. 6.)」

25 이곳 문학인들—모스크바의 작가들—의 얘길
들다보면 너무 놀랍소. 사람들이 글은 너무나
그럴싸하게 쓰는데 대화를 해보면 너무나
어리석거든. 당신 솔직히 말해봐요, 나도 그렇소?

「아내에게 쓴 편지(1836. 5. 14.~1836. 5. 16.)」

26 하필이면 왜 난 이런 영혼과 재능을 가지고
러시아에서 태어났단 말이오? 기쁘군, 할 말이 없어.

「아내에게 쓴 편지(1836. 5. 18.)」

27 독서는 가장 좋은 공부란다. 네 머릿속엔 이런
생각이 지금은 없겠다만 점점 더 나아지겠지.

「레프와 올가에게 쓴 편지 (1822. 7. 21.)」

28 잘 있었니 레프. 네가 나한테 중요한 건 하나도 말하지
않아서 네 편지가 고맙질 않구나. 내게 중요한 건 너랑
관련된 것 전부 다란다. 내가 아직 키시뇨프에 있을 때
편지하렴. 네게 수다를 가득 담아 답장하마.

「레프와 올가에게 쓴 편지(1821. 7. 27.)」

29   너도 진로 선택에 대해 생각할 나이가 되었구나. 내가 이미 네게 설명한 바 있지만, 나는 군복무가 그 어떤 다른 직업보다 낫다고 생각하는 이유를 이미 네게 설명했다. 어느 경우건 네 행동은 한동안 네 평판을 결정할 거다. 그리고 어쩌면 너의 행복까지도.

모르던 이들과 친분을 맺을 때가 되었지. 제일 처음부터, 상상할 수 있는 그들의 가장 나쁜 점에 대해 생각해야 한다. 그러면 아주 심한 실수를 하진 않을 거다. 사람들을 네 마음대로 판단하지 마라. 고상하고 남 돕기를 좋아하고 게다가 젊기까지 한 네 마음으로 말이다. 가장 정중한 태도로 그자들을 무시해라. 이건 자잘한 편견과 사소한 열정으로부터 널 보호하기 위한 방법이야. 네가 사교계에 입성하게 되면 너한테 불쾌한 일들이 일어날 수 있거든.

모든 사람들을 냉정하게 대해라. 친밀함은 언제나 화를 부른다. 상관을 대할 때 특히 조심해야 해. 너한테 잘해주더라도 말이다. 상관들은 우리가 방심할 때 곧바로 우리를 내치며 모욕을 줄 거다. 너무 굽신거리지도 말고, 만일 마음에서 우러나오는 호감이 커지면 그때는 그 호감에 제동을 걸어라. 사람들은 이런 감정을 이해하지도 못하고 그것을

기꺼이 아첨으로 받아들여. 왜냐하면 언제나 다른
사람에 대해 자기 기준으로 평가하기를 좋아하거든.
절대로 호의를 받아들이지 마라. 호의는 배신에
가깝다. 후원을 피하거라, 이것은 사람을 노예로
만들고 모욕을 안긴다.

나는 널 우정의 유혹으로부터 보호하고 싶다만 가장
달콤한 환상을 품고 있을 네 영혼을 생각하니 그걸
다치게 할 만큼 단호한 힘이 내겐 없구나. 여인에 관해
내가 해줄 말은 사실상 아무 쓸모도 없을 것이다. 다만
이것만은 말해두마. 여인을 덜 사랑할수록 우리는 더
확실하게 그 여인을 얻을 수 있다. 하지만 이런 놀이는
18세기의 늙다리 원숭이에게나 어울릴 뿐이지. 네가
사랑하게 될 그 여인에 대해서라면 나는 진심으로
네가 그 여인을 얻기를 바란다.

고의로 생긴 원한 관계는 절대로 잊지 말아라. 말을
적게 하거나, 아예 입을 다물거라. 그리고 모욕에는
절대로 모욕으로 답하지 마라.

재물이나 환경이 널 빛나게 하지 못한다면 결핍을
감추지는 마라. 차라리 반대편의 극단을 선택하렴.
냉소는 그 날 선 성격으로 인해 사교계의 공허한
여론을 압도한다. 그런데 허영심에서 비롯한 잔꾀는
사람을 우스꽝스럽고 경멸해도 되는 존재로 만든다.
빚은 절대로 져서는 안 된다. 궁핍을 견뎌라. 궁핍은

생각보다 그렇게 끔찍하진 않으니 갑자기 불명예를
뒤집어쓰거나 그 비슷한 상황에 처하는 것보다 낫다.
네게 제안한 원칙들은 내가 쓰라린 경험의 값을
치르고 얻은 거란다. 내가 강요하지 않더라도 네가
그 원칙들을 네 것으로 만들 수 있다면 좋겠구나.
그것들은 너를 슬픔과 분노의 나날에서 구해줄
거다. 너도 언젠가는 내 이야기를 듣게 될 테지. 내
이야기는 내 자기애에 비하면 비싸다만 네 인생의
행복에 관해서라면 난 멈출 수가 없구나.

「레프에게 쓴 편지(1822. 9. 4.~1822. 10. 6.)」

30 반드시 자기 자신에 대한 존경심을 가져야 해.

「레프에게 쓴 편지 (1824. 6. 13.)」

31 한마디로 말해, 나는 돈이 필요해. 그렇지 않으면
목이라도 매달 지경이다. 너도 이걸 알고 있었고, 일
년 전에는 목돈을 마련해주겠다고 약속했었지. 난
너를 믿고 의지했다. 널 원망하지는 않으마. 하지만
신께 맹세컨대 고마워할 이유도 전혀 없구나.

「레프에게 쓴 편지(1824. 11.)」

32 내가 뭘 하는지 아니? 식전에는 짧은 글을
쓰고, 식사는 늦게 해. 식사를 마치면 말을 타고

쏘다니다 저녁에는 동화를 듣지. 이걸로 저주받은 내 가정교육의 결함을 채우고 있단다. 이 동화들은 얼마나 멋진지! 하나하나가 서사시란다!

「레프에게 쓴 편지(1824. 11.)」

『푸시킨의 문장들』 **마음산책**

푸시킨의 문장들

심지은
엮고 옮김

"삶이 그대를 속일지라도", 누구나 들어봤을 법한 이 구절을 쓴 시인은 '러시아 시문학의 태양', 알렉산드르 푸시킨입니다. 러시아에서 드물던 흑인 혈통에, 가난한 귀족이었던 그는 어릴 적부터 시를 쓰며 삶과 사회, 그리고 자기 자신의 자리에 대해 끝없이 탐색했습니다. 시와 서사시, 소설과 역사서 등을 넘나들며 멈추지 않고 작품을 써 내려갔죠. 그의 방대한 저작들 중 푸시킨을 가장 잘 드러내는 정수와 같은 글들을 모아 『푸시킨의 문장들』에 담았습니다.

"영감은 시인이 찾는 게 아니라 스스로 시인을 찾아와야 하는 것"이라는 통찰부터, "돈이 한 푼도 없어"라며 동료에게 내뱉는 한탄, 멀리 떨어져 있는 아내에게 "내 천사, 제발 (다른 사람에게) 애교 좀 부리지 말아요"라며 질투심을 내비치는 편지까지, '대문호'라는 칭호에 걸맞은 날카로운 사색과 더불어 그 이면에 있는 생활인으로서의 모습이 폭넓게 펼쳐집니다.

세월을 뛰어넘어 마음을 움직이는 『푸시킨의 문장들』은 "러시아인들의 모든 것"이라 불리는 시인에 대한 흥미로운 입문서가 되어줍니다.

마음산책 드림

1799년   5월 26일(이하 모든 날짜는 러시아 구력) 모스크바의
         귀족 가문의 일원인 세르게이 르보비치 푸시킨과
         나데즈다 오시포브나 사이에서 둘째로 태어났다.
         외증조부는 표트르대제를 섬긴 에티오피아 왕자
         였다. 아버지의 서재에서 주로 프랑스문학을 읽으
         며 자랐다.

1811년   차르스코예 셀로의 왕립 학교 리세에 입학했다.

1817년   리세를 졸업한 뒤 외무부 관리로 근무하기 시작하
         면서 여러 문학 서클에 활발하게 참여했다.

1820년   진보적 자유주의 사상을 담은 정치시들로 인해 좌
         천되어 남부 지방으로 거처를 옮겼다.
         시인이 없는 수도에서 출판된 첫번째 서사시『루슬
         란과 류드밀라』는 엄청난 문학적 성공을 거두었다.

1821년   바이런의 동방 시를 모방한 서사시『카프카즈의 포
         로』를 완성했다.

1823년   키시뇨프에서 서사시『예브게니 오네긴』집필을 시
         작했다. 서사시『바흐치사라이의 분수』를 완성하
         고,「악마」「인생의 짐마차」등의 시를 완성했다. 현

재는 우크라이나의 영토인 오데사로 이동했다.

1824년   어머니의 영지가 있는 러시아의 북부 미하일롭스코예로 유배를 갔다. 서사시 『집시들』을 완성했다.

1825년   희곡 『보리스 고두노프』를 집필했다. 검열로 인해 이 작품은 향후 5년간 출간되지 못한다.

1826년   니콜라이 1세에게 사면을 받고 모스크바로 돌아왔다. 첫 번째 시선집을 출간했다.

1827년   소설 『표트르대제의 총신』(미완성)을 집필하기 시작했다.

1828년   서사시 『폴타바』를 완성했다. 아내가 되는 나탈리야 곤차로바를 처음 만났다.

1829년   황제의 허가 없이 러시아-튀르크 전쟁을 위한 러시아 원정대를 따라 카프카즈 여행을 떠났다. 여행기 『아르즈룸 여행』을 썼다.

1830년   첫 번째 볼디노 시기. 첫 번째로 완성한 소설 『고故 이반 페트로비치 벨킨 이야기』와 드라마 『소비극들』

을 연달아 썼으며 서사시『콜롬나의 작은 집』등의 시를 완성했고,『예브게니 오네긴』을 완성했다. 나탈리야 곤차로바와 약혼했다.

1831년 나탈리야 곤차로바와 모스크바에서 결혼한 후 페테르부르크로 옮겼다.『예브게니 오네긴』의 '오네긴이 타티야나에게 쓴 편지'를 썼다.

1832년 장녀 마리야(마샤) 출생.

1833년 두 번째 볼디노 시기. 역사서『푸가초프 반란사』, 단편소설『스페이드 여왕』, 서사시『청동 기마상』을 쓰고『예브게니 오네긴』을 단행본으로 출간했다. 장남 알렉산드르(사샤) 출생.

1834년 왕실 시종보에 임명됐다.

1835년 소설『이집트의 밤』(미완성)을 썼다. 차남 그리고리 (그리샤) 출생.

1836년 소설『대위의 딸』을 쓰고 잡지〈동시대인〉을 발간했다. 차녀 나탈리야(나타샤) 출생.

1837년 　나탈리야의 언니 예카테리나와 결혼한 조르주 당테스와 나탈리야 사이에 지속적으로 염문설이 일었고, 끝내 푸시킨은 당테스에게 결투를 신청했다. 그해 1월 27일, 당테스의 총구에서 발사된 총알이 푸시킨에 치명상을 입혔고, 이틀 뒤인 1월 29일 푸시킨은 총상으로 인한 복막염으로 사망했다.